神様に生かされた理由（わけ）

——23歳で子宮頸がんを宣告されて。

阿南里恵

合同出版

どんな試練がやってきても
未来は変えられる。
信じて生きていこう——
自分だけの幸せの形を。

はじめに

「死んでしまった方が、楽だ」

23歳のある日、私は真っ暗闇の世界に放りだされ、それからは毎日、こんな感情を抱えながら過ごしていました。

「生きている意味がわからない」

そう思いながら毎日、もがき続けました。

突然の「がん」告知。

その日から私は「患者」になりました。手術も治療も未知の世界。結婚を夢見てバリバリ働いていた元気印のＯＬが、ある日を境に、「死」への恐怖にさらされたのです。

苦しみ、悲しみ、憤り、終わりのない暗い日々……負の感情に支配されながら、私は、自分のいのちと向き合い、格闘し続けました。

あれから、10年――

その経験は今、私の大きな財産です。

なぜって？

それは、悩み、苦しんでいる人たちの心を救えるのは、「逃れられない苦しみを経験した人」だからこそ、と思うからです。

ところで、人はなぜ生きるのでしょうか？

自分の意思や権利で生きている——人はそう思いがちです。でも人生には、自分の努力や意思ではどうにもできないこともあり、本来、人とは、「目に見えない力」によって生かされているのだ、と私は感じています。

生かされているから、よいことばかりではなく、嫌なことも苦しいことも起こる。そう、生きることは、夢や希望にあふれることばかりではないのです。

でも逆に、嫌なことや苦しいことさえも「ありがたい」と思えたら——あなたにはもう、なにも怖いものはなくなります。苦しい時期は、永遠には続かないし、どんなことも「その後にやってくる幸せのために必要なこと」なのかもしれません。

あなたのいのちが、あと半年しかないとしたら——あなたは、なにがしたいですか？

「好きな物を買って、好きなところに行って、好きなことをする」

「友達とたくさん思い出をつくる」

「家族と一緒に笑って過ごす」

「普通の日々を過ごす」

これらは実際に、いくつかの中学校で、生徒たちから聞いた答えです。

自分の死ぬ日を知っている人なんて、世の中に誰ひとりいません。明日かもしれないし、来週かもしれない。あるいは30年後かもしれないし、60年後かもしれません。

死は、いつ誰に訪れるかわからない――

そう思うと、「今日」という限られた人生の一日が、貴重なものに思えてくるのです。

私は、28歳からいろいろな場所で「いのち」について、「生きる」ことについて、講演活動を通じて自分の体験を語ってきました。

そして今、もっと多くの人に「いのちの大切さ」を知ってもらおうと、本を通じて私の体験をお話しすることにしました。

今、この瞬間も、悩み、苦しみながら生きている人がいます。

そんな人に少しでも希望を感じてもらえたら……私にとってそれが、人生の恩返しだと思うのです。

もくじ

1 突然やってきた「変化」

23歳、秋、不正出血

「あれ？　生理が終わらない」

不正出血に襲われたのは、23歳の秋のことでした。

〈このところ忙しかったからなぁ……ホルモンバランスが崩れているのかも〉

当時の私は、その程度にしか考えていませんでした。

大阪から上京し、不動産会社でマンション販売の仕事をバリバリこなしていました。入社してすぐにノルマを達成し、職場仲間からは「超黒字社員」と称賛されました。ベンチャー企業として右肩上がりの急成長を続ける職場で、23歳の誕生パーティを盛大に開いてもらい、私自身、まさに人生、充実！　そのまっただなかでした。

毎朝30分以上かけて髪を巻き、ファッション雑誌を読み込み、流行りの服を着こなして出勤。仕事はカンペキ！　でも恋ももちろん、大事よね～とはじけていた絶好調の年頃――そんな矢先に、「出血」は起きたのです。

〈ホルモンのバランスが狂ったかな？　働きすぎかも……最近私、がんばってるし〉

ところが1週間、2週間が過ぎても一向に止まらない。それどころか、出血量は日に日に増していくのです。

「もしかして……悪い病気？」

不安とともに、恐怖に包まれました。

私はある女性に連絡しました。マンションを買ってくれたお客さんの中に医師がいたのです。

「すぐに婦人科に行った方がいいですね」

彼女はそう答えると、「直接の知り合いではないけれど……」と言いながら、銀座の一等地にあるクリニックを薦めてくれました。

私はその足で直行しました。対馬ルリ子先生が院長を務めるそのクリニックは、テレビや雑誌で取り上げられることもある超有名医院。でも婦人科になじみのない私に、そんなことは知る由もありませんでした。

〝まさか〟の告知

女医さんばかりのクリニックでした。内装もとてもきれい。先生も優しそう。私は一瞬、ほっとしましたが、診察中に先生が看護師さんに向かって発した言葉で、状況は一変し、診察室はただならぬ様子に包まれました。

「すぐ、院長を呼んできて！」

やっぱり悪い病気だ……そう直感しました。院長の診察にも動揺せず、私はこう言いました。

「先生。私、大丈夫です！　なにがあっても受け止めるので、言ってください」

すると対馬院長は、「わかりました」と答え、こう言ったのです。

「子宮頸がんがかなり進んでいます。すぐに大きな病院に行ってください」

「すぐ、って……いつですか？」

「できれば今日。無理なら明日。なるべく早く行ってください」

院長はそう言って、「紹介状」を書き始めました。

宛て先は――「国立がんセンター中央病院」（２０１０年に「国立がん研究センター中央病院」に名称変更）。

〈私、がんなんだ〉

そう思いながらも、まだ実感がわきませんでした。目の前で起きている出来事があまりにも突然すぎて、「現実」としてとらえることができなかったのです。

クリニックを出るとすぐに携帯を取り出し、電話。

　ルルルルル……

大阪にいる、母に――

電話口の母に、こう言いました。

「母さん、ごめん……私、がんになった」

突然の〝告白〟に、母は案の定、パニック。私にいろいろと質問してきました。

「なんで！　どうして！」

「そんなん……わからん」

「どれぐらい進んでるの？」

「とにかく……明日、大きい病院に行くからまた電話する！」

そう言って、私は電話を切りました。

自分ががんになったら——まずは母親に連絡。それは「フツーの親子関係」なら、当然のことかもしれません。

でも私にとっては、自分のとった行動が「意外」に思えました。なぜなら、母と私は10年以上もほぼ「絶縁状態」だったからです。

中学生の頃から両親に強く反発し、１日も早く自立したくて故郷の大阪から関東へ出てきた私。実家にいた頃は口をきかず、社会人になっても母との心の距離は離れるばかり。実家にもほとんど帰らず、一生このまま東京で人生を終えようと思っていたぐらいでした。

だから、自分ががんになっても——「親元に帰って治療したい」などとは到底、思えない。それなのに、無意識的に電話した相手は母親でした。

父の沈黙、母の嗚咽

翌日。職場の上司に付き添われて、東京・築地の国立がんセンター中央病院へ行きました。予約制なので、朝早く受け付けを済ませても診察を受けるのは夕方。途中まで上司がいてくれたのですが、さすがに長時間仕事を抜けることはできず、夕方に診察室へ呼ばれた時は、私一人になっていました。

「ご両親は……どちらにいますか？」

医師が、尋ねました。

「大阪です」

私が答えると、医師は言いました。

「すぐに来てもらってください」

〈進行しているんだ……〉

私は直感しました。

次の日――両親が、仕事を休んで東京に駆け付けました。

「先生！　どうなんでしょうか？」

父、母、上司と私が一同に、担当の医師と向き合いました。

「どれぐらい進んでいるのでしょうか？」

すると医師は、口を開きました。

「かなり進んでいます。おそらく……子宮を取ることになるでしょう」

しばらく診察室を覆った重苦しい沈黙を破ったのは、嗚咽する母の声でした。

「私が悪いんですっ！」

そう言って、泣きじゃくりました。

「私がもっと早く気づいてやれなかったから悪いんです！　そんなにひどいんですか！」

何度も言いながら、その場で泣き崩れました。気が強くてしっかり者だった母──その姿に私は、驚きました。隣では父が淡々と、医師に、病気の状態や治療方法について尋ねていました。

〈ドラマのワンシーンみたい……〉

他人事のように、いくつかの光景がただただ流れていくような感覚でした。「たいへんなことなんだ」と、なんとなくは感じていても、きちんと状況を理解できる状態ではありませんでした。

はじめて襲ってきた孤独と不安

「大阪に帰って、向こうで治療をした方がいいと思います」

「いやです。先生！」

医師の言葉に、私は必死で反発しました。

「東京にいたいんです。自分の身の回りのことはちゃんと自分でしますから……こっちで治療をさせてください！」

上京して自立をし、やりがいを求めて転職をし、やっと見つけた最高の仲間と仕事。そこから離れるなんて、考えられない。あの仲間が、あの居場所が、今の自分のすべてだと思っていたのです。

「東京で、治療したい！」

私の言葉に両親は怒り、怒鳴りました。

「できるわけがない！　大阪に戻りなさい」

〈いや。戻る気はまったくない……〉

そんな気持ちで胸の中はいっぱいでした。ところがそんな私に——医師はこう言ったのです。

「治療が……どれくらい長引くか、わかりません」

はっとしました。

手術って？　成功の確率は？　失敗したら？　……仕事は？　おしゃれは？　恋は？　いのちは？　私の人生は、これからどうなってしまうのだろう……。

その一言で、自分の置かれている状況がわかりました。

23歳の私にとって、すべてが「未知」の世界。大海にたった一人で放りだされた思いで、孤独と不安に押しつぶされながら——私はついにうなずき、大阪行きを決意したのでした。

故郷での生活、がん治療。それは正直、「最も望んでいない選択」でした。でもそれは私にとって、人生を修復する旅路のはじまりでもあったのです。

突然に訪れたこの日を境に、私の人生すべてが変わっていったのです。

2

「よいこ」からの脱線

子どもの頃の私

「里恵、ザリガニ釣りに行こ！」

「うん、行こう！」

大阪府東大阪市。工場と長屋が建ち並ぶ地域で私は育ちました。

近所に住んでいた3歳上のいとこのまーくんはいつも私を連れ出し、川で遊んだり、神社にカブトムシを捕りに行ったり、家の中に基地を作ったりして遊んでくれました。

両親と8歳上の兄との4人暮らし。外でも活発に遊ぶ女の子でしたが、本当はどちらかというと、絵を観たり描いたり、詩を書くのが好きで勉強熱心。おとなしめの女の子でした。

小学校の入学式での母と私。

「女の子なんだから、言葉遣いはきちんとしなさい！」

母はとにかく、しつけに厳しい人でした。

「もっと、女の子らしくふるまいなさい！」

父も厳格な人で、時に逆らうと殴られることもありました。

兄はラグビーをしていて体格がよく気性が荒かったので、けんかをしても口ごたえできない怖い存在。

私はカトリック系の中高一貫の女子校に通っていました。ここもやはり校則が厳しく……今思えばそんな「きまりだらけ」の毎日の中で、窮屈な思いがたまり続けていたのかもしれません。

「お兄ちゃんと同じことをしても、なんで

私ばっかり怒られるんだろ……好きで女に生まれたわけじゃないのに……」

いつも私は、こう思っていました。

反抗期……連日の朝帰り

中学3年生の時、大学生だった兄が海外へ行くことになりました。それをきっかけに、思春期まっただなかの私はこれまでの思いを爆発させてしまいました。

〈私の人生なのだから、好きなようにやる！〉

昼はマジメな生徒。でも夜になるとこっそり家を抜け出し――友達と近くの繁華街へ。出会った男の子たちとカラオケに行ったり、ドライブに行ったり……明け方にこっそり家に戻り、何事もなかったようにまた朝を迎える――そんな毎日を繰り返したのでした。その時間は私が唯一「きまり」から解き放たれ、心から自由になれる気がしていました。

「ああ、心臓がドキドキする。どうか今日も、親に見つかりませんように……」

ところがある日、明け方に帰ると――

部屋の電気がついていて……、

「オマエ、どこ行ってたんや！」

父のものすごい怒鳴り声とともに、張り手が何度も飛んできました。

「誰とおったんや？　この不良娘が！」

何度殴られても、黙り通しました。友達には絶対に迷惑をかけたくなかったから……。それからも懲りずに何度も家を抜け出し、叱られ続けました。そして、怒られれば怒られるほど、こんな思いが募っていったのです。

「家を出たい！　1日も早く、自立してやる」


私、高校に行きません！


同級生たちが当然のように高校に進むなか――私は、決断していました。

「先生。私、高校に行きません！」

「なんだって？」

目を丸くする担任の先生に、答えたのです。

高校の同級生と。左から２人目が私。

「鳶（とび）になります！」

鳶というのは、建設現場の足場を作る職人さんのこと。先生は何度も私を呼び出し、説得しましたが、私がまったく聞く耳を持たないので、ついには教頭先生に両親が呼び出されました。

「高校だけは行きなさい！」

両親も含めた周囲の大人たちの猛烈な説得にあい、結局渋々進学することにしました。

進学したからといって、私の夜遊びは止まりません。それどころか、エスカレートするばかり。深夜に集合して友達のバイクで走り回ったり、髪を巻いて、好きな服を着て……やりたい放題。

その結果、母はついに取り乱すようになってしまったのです。

「お母さんのなにが悪いの！」

家で私と2人になると突然、泣きわめく――会話にもなりませんでした。放っておくと飲めないはずのお酒を一気飲みしたり、洗濯用の洗剤を飲もうとすることも……。

母は次第に正気を失っていったのでした。母の悲痛の叫びに、当時の私はただただ震え、恐怖で家に帰れなくなっていました。

〈どうしよう……でもこうするしかなかったんだ……私だって人生を楽しみたいもの〉

追い詰められた思いで――ある日、楽器店に立ち寄りました。この楽器店には、私が「にーちゃん」と呼んで慕っていた店員さんがいたのです。

兄と同じ8歳上のにーちゃんはバンドを組んでギターを弾いていてカッコよく、でもそれだけじゃない。仕事もきっちりこなし、しっかりと自分の考えを持っている憧れの存在。学校帰りに用もないのに、このお店に寄っては世間話をしたり、時には相談にのってもらったり。当時の私にとって唯一頼れる大人でした。

にーちゃんの説得

「にーちゃん。あたし……親キライ」

今までの出来事をすべてにーちゃんに話しました。

すると、にーちゃんはこう言ったのです。

「もしオマエの腕がなくなったとしてもな、オマエの足がなくなっても……オマエがどんな体になろうと、母ちゃんは世界に一人。たった一人の存在なんじゃ。自分の責任でそうなったんやから、ちゃんと向き合え！」

激しく叱りつけられました。でもその言葉で、私の中のなにかが変わるのを感じました。

それ以来、夜中に家を抜け出すのはやめ、放課後は早く帰るようにすると、母の状態はよくなっていきました。けれど、急に仲良くすることもできず、両親との心の距離が縮まることは、一向にありませんでした。

彼氏ができるたびに、「早く結婚して家を出たい」と思うようになりました。

でもその気持ちが相手には重荷になり、関係は、数か月しか続きませんでした。

高校卒業を間近にし、私は当時大好きだったバイクの修理技術を学ぶ専門学校に進学することを決めました。大手自動車メーカーが経営するその専門学校は、自宅から1時間ほどのところにあり、実習時間が多いことも魅力でした。

〈親には、また反対されるだろうな……〉

しかし思いがけなく、両親はすんなり了解してくれました。

そして無事、進学――

18歳の私は胸をときめかせていました。

〈私の人生だもん。私の自由に描いていく!〉

夢と希望に満ちたスタートでした。

3

念願の就職……戸惑いと焦り

私の夢

専門学校での3年間は、実に充実していました。バイクや自動車整備の専門ということもあり、ほとんどが男子。1年の頃は先輩たちとレースや走行会に参加したり、2年生では「ガーデニング同好会」に入部。部長を務めました。

3年生の時の卒業研究では、多くの生徒が自動車の構造に関わるテーマを選ぶなか、私の研究は、「校内にペットボトルの分別回収システムを根付かせる」という環境問題をテーマにしたものでした。

校内のゴミ箱に捨てられているペットボトルを毎日毎日拾い集めて、生徒たちの行動や校内の人の動きをつぶさに研究しました。また、ペットボトルから作られた傘の貸し出しまで始めました。ところがその規格外の研究が、なんと最優秀賞を受賞したのです！

私には、夢がありました。

〈走れば走るほど環境をきれいにする車を作り、世界に広めたい！〉

強い夢と情熱を抱きつつ——いよいよ、就職活動の時期を迎えたのです。

「私、本田技研受けるわ！　それ一本！」

「えっ？　マジで言ってんの？」

私は無謀ともいえる決心をしました。

たいていの生徒が販売店への就職を決めていました。本田技研工業は、学校の運営母体とはいえ、なかなか手の届かない「憧れの企業」。学校の成績が10位以内でないと厳しいといわれる超難関です。一方、私の成績は１００位そこそこ。普通に考えれば「はなはだカンチガイ」。でも当時は、自分の夢を真剣に信じ、実現したいと思っていたのです。

学科試験を経てついに——

面接日。

「では……あなたの夢を、うちの会社が買えということですか？」

「はい！　私の情熱を買ってください！」

面接官を前に、私は必死で食らいついていました。

自動車部品や廃材のリサイクルについての知識には自信がありましたが、それだけじゃない。たくさんたくさん夢も語りました。

思いが通じたのか――結果は、「採用」！

〝大本命〟への就職が、決まったのです。

社会人生活スタート

「えーーー？　里恵が、ホンダに!?」

「すごいな！　超一流企業やないか！」

家族も親戚も友達も……驚きの渦！　周囲から次々と祝福の声がかかりました。

「おめでとう！　里恵ちゃん！」

そう。なによりも嬉しかったのは、私自身。夢に一歩近づいたと同時に、うるさい親元から離れての「自立」。

念願の一人暮らしが、ついに実現するのですから。

――やったあ！　これからはもう、私の自由に生きていくんだ！

こうして私は２００３年、埼玉県にある社員寮で生活することになりました。

同期入社は大学院卒ばかり。21歳の私は特に目立ちました。

入社してまず驚いたのは、きちんとした「研修制度」でした。研修では10人ほどのグループで一つのテーマに従って、ディスカッション。

ところが、話を聞いていても、

「？・？・？・？」

私にはさっぱり意味がわからないのです。

「私、書記やります」

そうは言ったものの……

「今言った言葉、『漢字』はどう書くんですか？」

言葉の意味がわからないので、漢字もわかりません。

入社早々、自分の非力さを痛感――

新生活、つまずき続き

「こんなんで、続くのかな……」

不安はまだまだありました。

早速始まった寮生活では、関東の風土や言葉の違いになかなかなじめない。一方で、現場研修では、自動車の製造ラインに割り振られ同期入社の仲間たちがみるみるうちにやせていくのがわかりました。そして、口々に身体のあちこちの痛みを訴えるようになったのです。

半年間の研修後、希望した部署に配属――しかし、仕事の内容は思い描いていたものとは違い、私にとっては〝雑用〟と感じるもの……焦りが募るばかりでした。

〈私はこの会社に、必要なんだろうか〉

そしてある日、両親に電話をしたのです。

「会社辞めたい」

「なに言ってるの！　入ったばかりやのに」

周囲に自慢するほど喜んでいた父と母ですから、当然猛反対です。会社の他部署の先輩に相談してみても――答えは同じでした。

〈今日も仕事か。行きたくないな……〉

出社しては更衣室で泣き、定時を待ってそそくさと帰る。こんな日々が続きました。

〈このままではダメになる。なにか探さなきゃ〉

入社からわずか1年。すがるような思いで、私は週末の休みの日にできるアルバイトを探したのでした。

人生を変えるアルバイト

会社に内緒で登録し、始めた派遣のアルバイト。それは、不動産会社のチラシ配りでした。

「あれ？　意外とおもしろいかも！」

はじめはそれほど興味がなかったものの、やってみるととてもおもしろい仕事でした。それどころか、その後の私の人生を変えてしまったのです。

「どうぞ、ご覧くださ〜い！」

新宿の売り出し中の新築マンションの周辺。どうすれば前から歩いてくる人がチラシを受け取ってくれるか、いろいろな工夫をしました。

まず、5メートル前で笑顔。渡す時の声かけもいろいろ試しました。

「今日から、一人お客さんを連れてくるごとに、1000円別途支払うぞ！」

がんばっている私たちに、販売会社の部長がこう言ってくれました。現金なもので、もっとやる気がでました。

予約表を勝手に作り、交差点で信号待ちの人にチラシを配り、勧誘——

「ぜひ、見にきてください！」

「いや、今は忙しいから……」

「では何時でしたら来ていただけますか？　時間にこちらからお迎えに上がります！」

手製の予約表に書き込みながら、より丁寧に対応すると、お客さんはモデルルームに足を運んでくれるようになりました。それを見ていた部長が、言いました。

「阿南、うちの会社に来ないか？」

このとき、私の心はもう決まっていました。

「なんだって？　転職？　もう二度と大企業で働けないぞ！　それでもいいのか？」

先輩に相談すると、すごい剣幕で言葉が返ってきました。私は、答えました。

「はい。これからは会社のブランドではなく、『阿南ブランド』で生きていきます！」

２００４年9月、東京都渋谷区の不動産会社、株式会社エスグラントコーポレーションの本社で社長と面接をしました。当時右肩上がりのベンチャー企業。社員数約３００名のほとんどは20代〜30代。杉本宏之社長は当時26歳のアグレッシブな男性でした。

「本当に今の職場を蹴って、こっちに来ていいのか？」

念を押す社長の言葉に、私は答えました。

「ぜひお願いします！」

重大な選択であることは、わかっている。

でも、自分の可能性を試してみたい……自分の未来には、希望しかない！　私

右は、アルバイト時代からかわいがってくれていた不動産会社の上司。

も社長のように若くしてこんなに活躍したい！
この会社で結果を残したい！
本気でそう思い始めていたのです。

「超黒字社員」

22歳での転職。チラシ配りのバイトから、入社後、マンション販売の営業職になりました。責任が重くなった一方で、やりがいもあり、職場の人たちともあっという間に親しくなり、とても充実した毎日になりました。

仕事は「訪問営業」といって、近くの家を一軒一軒訪ねては、マンションを紹介していきます。

予想外に話を聞いてくれる人が多いのに驚きました。帰りに外で御礼の手紙を書き、郵便ポストへ――信頼関係を築くことに努力しました。すると、入社半月で早速2戸のマンションが売れたのです。

「阿南は出世するぞ！」

一瞬にして、社内中の注目を集めました。今振り返れば、マジメで情熱的ではありましたが、生意気で根拠のない自信に満ちあふれた無謀な若者だったと思います。それでも職場の人たちはみな前向きで、優しく、みんな同じ希望に向かって突き進んでいたのです。

「阿南、誕生日おめでとう！」

職場の先輩や仲間が盛大に誕生日を祝ってくれました。仕事だけでなく、私生活のすべてが輝いていきました。毎日の通勤電車さえも楽しい！　毎朝30分以上かけて巻いた髪をなびかせ、お気に入りの服を着て、意気揚々と出社――毎日深夜までの残業も楽しくてならない都会のＯＬでした。

「20代は思い切り働いて、30歳までに結婚しよう！　子どもを産んで、そしてまた元気に働いて……」

未来を無限に感じていた、23歳の秋。そんな矢先――「異変」は起きたのです。

4 死を考えたとき

みなさん、ごめんなさい！

「阿南ががんだって？」

「まさか！　あの若さで……」

右肩上がり、やる気１００％で突き進んでいた体育会系の職場が、騒然となりました。

転職からわずか1か月。冒頭でもお話したとおり、仕事も私生活もようやく充実感に満たされ始めた「ゲンキ印」の私が、23歳の秋、ある日突然「がん患者」となったのです。

「せっかく私を採用していただいたのに……申し訳ありません！」

上司や仕事仲間に頭を下げながら、私はことの重大さに少しずつ気づいていきました。

――がんになるということは、仕事にも行けなくなる。仲間にも会えなくなる。東京での生活も全部、あきらめなければならない……そういうことなんだ。

当たり前だけど、健康でバリバリ働いていた頃はまったく気づきもしませんでした――それに直面し、悔しさと、悲しさと、なんともいえないやりきれなさでいっぱいになりました。

涙がとめどなく、こぼれました。

――せっかく仕事もうまくいっていたのに……これから私の人生は変わっていくのに……。

職場全体が悲しみに包まれました。私のつらさを自分のことのように悲しんでくれる仲間がいる――それを感じれば感じるほど、「こんなにすばらしい仲間と別れなければならない」という切なさとむなしさがこみあげて、心がまたキリキリ痛むのでした。

「必ず、戻ってこい！」

空気を断ち切るように、上司が言いました。

「ちゃんと治して、また戻ってこい！」

「絶対に待ってるからな！」

職場の仲間たちも、思いを重ねました。

最後に撮った記念写真。何人もが目を腫らしているその1枚を胸に、私は２００４年11月、故郷の大阪へと向かったのです。

私、死んじゃうんだ

大阪府立成人病センター。そばにある大阪城公園の桜の木は葉が落ち、枝がむき出しになる頃――２００４年12月17日、はじめての検査を受けに行きました。

「階段の上り下りをしますよー」

「ちくっとするからねー」

踏み台昇降をしながら心拍数を測ったり、耳たぶに小さな傷をつけて血が固まるまでの時間を計ったり……たくさんの検査がありました。さまざまな〝初体験〟

を終えた後、ついに医師の診察――

「やはり……子宮全摘出は免れないですね」

担当の森重健一郎先生は、言いました。

「ただ、がんが大きくなりすぎて手術自体が危険です。まず最初に〝抗がん剤〟を使って、がんを小さくしていきます」

抗がん剤でがんを小さくすれば子宮も摘出可能になるかもしれない。そして手術。その後に放射線治療、という3つの治療を説明されました。

そしてもっと、大切なことも――

「実際にお腹を開けてみないと、手術ができるかわからないんです。もしお腹を開けてみて、予想以上にがんが広がっていたら……手術は中断します」

手術を中断？　そのままお腹を閉じて、進行を遅らせる治療――私は最初、医師の説明の意味がまったくわかりませんでした。

どうしてお腹を開けるまで、がんがどれくらい広がっているか、わからないの？

「進行を遅らせる」ってどういうこと？

頭の中は、？？？？でいっぱい。

それでも、一つだけ、私は気がついていました。

――そうか。私のがんは治らないかもしれないんだ……。

23年間生きてきて、治らない病気などありませんでした。珍しく風邪をこじらせても、病院で点滴や座薬をすれば熱は下がったし、ケガも薬を塗れば治っていました。それなのに……。

はじめて、医療の限界を知った瞬間でした。

――私は、がんで死ぬんだ！

そう思うと、今度は言いようのない恐怖に包まれました。身体の痛みや苦しみとは違った、はじめての怖ろしさでした。

〈死んだら、みんなから忘れられてしまう〉

にーちゃんの一言

成人病センターから帰宅し、私はいろんな友達に、声で電話でメールで言い続けました。

「みんなに忘れられるのが怖い……」

ほとんどの友達は、

「絶対大丈夫！」

「きっと治るから、元気出して！」

そんなメッセージを返してくれました。

でもその励ましの言葉は私にとって、救いにはなりませんでした。

――なんの根拠があって、「絶対大丈夫」なんて言えるの！　治療できるかどうかわからない状況で苦しんでいるのに！

気持ちが行き詰まり、腹立たしささえ覚えました。

〈どうせ私なんて……みんなの記憶の中から薄れて、いつかなくなってしまうんだ〉

ひざを抱え、訳のわからない精神状態で携帯電話を握り締めていました。そんなとき――突然、言葉が飛び込んできたのです。

「忘れるはず、ない！」

学生時代から頼りにしていた、大阪の楽器店のにーちゃん。その声でした。

「死んでも絶対忘れない。忘れられるわけがないやろ！」

畳みかけるように、にーちゃんは言いました。

「がんばってもうまくいかずに困っているキミ、でもすぐに笑顔になっちゃうキミ、相手に気を遣って疲れちゃう純朴さ。不器用だけど、それでも前に進もうとするキミ……全部、忘れない！　みんなも忘れるはず、ない！」

にーちゃんの言葉で私は救われ、再び前を向くことができたのです。

死を受け入れ、見えたこと

私が死んでも憶えていてくれる人がいる……そう安心すると、次に浮かんできたのは、家族や周りの人たちの顔でした。

――私が死んだら、家族はどうなるんだろう？　お母さんは病気になってしまうかも……お父さんはショックで仕事に行けなくなるかも……。

心配は、日を追うごとにどんどん大きくなっていきました。母のことは特に気がかりで、いてもたってもいられず、こう言いました。

「母さん、私が死ぬことを覚悟してほしい。私が死んでも、普通の生活を送って！　私が死んでも、普通に仕事に行って！」

するとと母は、怒って言いました。

「そんな縁起でもないこと、言いな！」

聞く耳すら持ちませんでしたが、私は何度も何度も説得しました。

——そうだ！　職場も、私が生きているうちになんとかしなければ！

そう思い、手紙を書きました。勢いのある会社でみんなが真剣に仕事をしていたので、ぶつかることもたくさんあったのです。営業スタイルが違ったり、結果を競い合っているうちに派閥ができ始めていました。私は上司に宛て「仲良くやってほしい」「一つになってほしい」というメッセージを手紙で綴りました。

「生きるか死ぬかで格闘している阿南が、こんなにも俺たちのことを考えてくれている」

思いは通じ、私の手紙は同じ部署のメンバー全員に配られました。すると、そのうちの数人が机に貼り付け、偶然それを見た役員が、なんと全社員にコピーして配ったのです。

「お前の思いはちゃんと届いてるぞ。安心して治療に励んでくれ！」

社員たちは再び、一つになろうと動き始めました。それが私にとってなにより の喜びで、なによりの励みになりました。

23歳ではじめて死を考え、それを受け入れた時――浮かんできたのが「周囲の幸せ」だったのです。その経験は、私にとって唯一の誇りになり、いよいよ抗がん剤治療へと向かうモチベーションを支えてくれました。

5 抗がん剤治療

言葉を失うほどの苦しみ

手術を前に始まった、抗がん剤の点滴。

それは私が、23年間生きてきてはじめて味わうつらさでした。

今、私の身体にあるがん。それを少しでも小さくし、手術のリスクを軽減するのが抗がん剤治療の目的でした。でも薬の強さから、「吐き気や微熱、だるさなどの副作用が起こりうる」ということを、事前に医師や看護師さんから丁寧に説明されていました。

1回目の点滴——朝から処置が始まり、終わったのは夕方でした。

「なんだ、この程度か」

当日は体調の変化もなく、夕食も問題なく食べられました。

ところが、翌日――

〈気持ち悪い！　なに、このぼーっとした感覚……助けて！〉

目が覚めるとまったく動けなくなってしまったのです。吐き気が続き、身体がだるく、意識が遠のいたまま、ベッドでうめき声をあげていました。

〈私、このまま死んじゃうのかも……〉

そう思うほどの衝撃でした。

「なんや急に病人になったな……」

病室を訪れた父が心配そうに、寂しそうに、言葉を漏らしました。前日まで普通に話していた娘が、会話もできないほどぐったりした姿になり、父も母もさぞかしショックだったのでしょう。

――ああ、心配かけてるんだ……。

胸に、寂しさがこみあげました。

今までなら、風邪をこじらせている時でも、「しんどい」とか「気分悪い」とか、きちんと「言葉」で返せていたのに……。

それが今、あまりのしんどさになにも発することができないのです。

「んー……」

静かにうなずくだけでした。

私ではない、私

院内に、食事の時間を知らせる音楽が鳴りました。患者さんはみんな自分の名札が置かれたトレイを配膳台へ取りに行きます。私も前の日までは当然のように自分で取りに行くことができました。

ところが——まったく起き上がれない！

〈動けない。どうしよう……〉

看護師さんがサッとご飯を持ってきてくれました。

「阿南さん、ここ置いとくね！」

いいようのない悲しみに包まれました。

〈自分の食事さえ取りに行けないなんて……病人になっちゃったんだ〉

痛いほどそれを感じました。

「いただきます……」

ブルーな気分のまま、置いてもらった食事に手を付けようとすると――

「無理……」

食べ物の匂いを嗅ぐだけで吐き気がして、一口も食べられません。抗がん剤の副作用でした。体ももちろんつらかったのですが、同時に、精神的なショックを受けました。

それから、数日後――はじめての抗がん剤の副作用が治まると、つらかった身体が嘘のように元気になりました。

「ああ、よかった！　なんとか生きてる……」

ある女性患者の闘い

「がんが小さくならなくていい。危険でもいい。先生、そのまま手術をしてください！　二度目の抗がん剤はやりたくありません！」

普通に会話もできるようになり、今までの自分に戻ったことを実感できるようになり、気力を取り戻した私は診察室で、こう訴えました。

「2回でワンセットだから、途中でやめられないよ。どうしても必要な治療なんだ」

抗がん剤後のあの苦しみをもう二度と味わいたくない——そんな私の願いは、当然受け入れられませんでした。

診察の直後——私のいた4人部屋の病室に一人の中年女性が入ってきました。

〈あの人、髪がない……〉

彼女は帽子をかぶっていました。そして同じ部屋の患者たちに挨拶をすると、話を始めました。抗がん剤治療のために、定期的に病院に来ている人だとわかりました。

「私も、抗がん剤をやったんです」

そう打ち明けると、彼女は、一言。

「あら、あなた、髪の毛抜けてないのね」

〈……私も髪、なくなるの？〉

衝撃でした。抗がん剤で髪が抜けることなどはきちんと説明を受けていたはずなのに、当時はまったく自分事と考えていなかったのですから。

——どうしよう……。

新たな不安が、胸いっぱいに広がりました。

そんな会話の後、すぐに彼女の抗がん剤の点滴が始まりました。私の何倍もひどい副作用でした。

1時間に何度も嘔吐を繰り返し、横になっていることすらできない。それを見て私は、自分が医師に言ってしまったことを恥じました。

——たった1回の抗がん剤で、私は治療を拒否した。でもこの人は、自分から抗がん剤治療のために病院に通っている……。

自分のため？　家族のため？　なんのためにがんばっているの……？

——そう。生きるためだ！

私は気づきました。生きるためには、治療を受けなければならない。治療を受けるということは、あらゆるつらさにも耐えなければならない。がん治療とは、これほどたいへんなことなんだ——あらためてそれに、気づかされたのです。

大切なものを失った日

2度目の抗がん剤の点滴。

覚悟していたせいか、前回に比べると副作用は少し楽でした。

ところが――

「もしかして……」

寝ている布団に、抜け毛を見つけました。

「抜け毛にしては多いな……」

2度目の抗がん剤治療を開始した数日後からバサバサと抜け始めました。

「やっぱり……抜けるんだ」

その翌日、退院――職場の仲間に会いたくて、まだ借りたままになっていた東京のアパートに帰りました。

シャワーを浴びると、早速髪が抜け、それが抜けていない髪にからまり、頭の上には見たことのない巨大な毛玉が……。

「いやっ！　なに？」

毛玉をつかむと、今度はバサッと大量の髪が抜けました。

シャワーを終え、髪を乾かそうとドライヤーをかけると、部屋中に髪が散乱。まるでホラー映画のよう！

「こんなに抜けるんだ」

髪を洗えば排水溝が詰まり、部屋中が髪の毛だらけ……その掃除をするたびに、どんどんみじめな気持ちになりました。

——今まで何十分もかけて大切にセットしてきた私の髪は、どうなるの？　好きな服も似合わなくなる……。恋もできない……、仕事にも戻れない？　がん患者というだけで、大切なものをすべて失うの？　ねえ、誰か教えて！

髪の毛で埋もれた排水溝を眺めつつ、私は泣き崩れました。排水管に貼りついた毛の1本1本を拾い集め、シャワーで水を流すと、私の築いてきたプライドまで流れていってしまうような……。

しばらく呆然としていると、不思議なもので、まるで他人事のような感覚があらわれました。

「それにしても……人間の髪の毛って、見た目以上にたくさんあるんだなあ。抜けても抜けても、坊主にならない……」

今振り返ると、このときの私は、狂気に近い感じだったかもしれません。

しかし、我に返ると、手にはまた、抜け落ちた髪の毛……。

「まずい。このままじゃ私、気がおかしくなる……これを続けたらきっと、立ち直れなくなる……」

ギリギリの精神状態――いいえ、心はもう限界にきていました。

「なんとかしなきゃ！　自分を……」

やみくもに部屋へ戻り、携帯電話を握りました。

「母さん！　私、髪を全部剃ろうと思う」

6

手術前の逃避行

小さな美容室で……

電車に乗り込み、すがる思いで美容室を探しました。

いつものおしゃれな美容室には行く気になれず――日暮れ近くになる頃、ようやく目黒にある小さなお店を見つけました。

客席が2つか3つの、昔ながらの美容室。「おしゃれ命」だった私にとって、がん患者にならなければ一生お世話にならなかっただろう古い店構え。幸いお客さんもいない――私は迷わず、扉を開きました。

「髪を剃ってほしいんです」

いささか驚く店のおばさんに、私は正直に告白しました。がんであること、抗がん剤の影響で、髪が抜け始めていること――

おばさんはすぐに店のカーテンを閉め、ハサミで短く短く髪を切り揃えてくれました。

「これでどう?」

「どうせ抜けるから、剃ってほしいんです」

私の注文に、おばさんはうなずきました。そのお店は以前、理髪店をしていたこともあり、おばさんは快く引き受けてくれました。

髪を剃るにつれ、おばさんの表情は意外にもみるみる明るくなっていきました。

「いいじゃない! あなた、似合うわ!」

「ほんまや! 似合ってるやん!」

鏡をのぞいてみて、私も気持ちが明るくなりました。自分自身でも驚くほど、坊主頭が似合っていたのです。

「おばちゃん、ありがとう!」

美容室の扉を閉め、私はさっぱりとした心で、東京の街並みを眺めました。

〈私はこれでいいけれど……〉

母のことが頭をよぎりました。がんになってからというもの、母は毎日毎日泣いてばかり。車を運転している時、私と同年代の女の子が横断歩道を渡っているだけで、「涙が出てくる」と言うくらい、ふさぎこんでいたのです。

「この頭を見たら、またお母さん泣いちゃうんだろうな……」

母を心配する気持ちと、これ以上落ち込みたくないという私自身の思い――その2つがごちゃまぜのまま、大阪に帰ったのです。

おしゃれが、元気をくれた

「いやーっ、坊主がおる！」

予想もしない、母の明るい声でした。

「よう似合ってるやん！」

その反応に、肩の力がすーっと抜けていきました。

「そうやねん。女の子の髪の毛剃るのはじめてやからって、1000円まけてくれてん！」

アハハと笑いながら、母はカメラを持ち出し、何枚も写真を撮り始めたのです。

それから数日後――母は打ち明けました。

「あんたが明るい子でよかったわ。あの時、髪がなくなったと泣かれていたら、お母さん、なんて言ってあげたらいいかわからんかった」

久しぶりに見る、母の笑顔――その姿に、私は気づいたのです。

〈私が明るく元気にしていれば、家族は救われる。もっとしっかりしなきゃ！〉

「よし、おしゃれな帽子を探そう！」

ウィッグを用意していなかった私は、髪がなくなってからニット帽をかぶっていました。最初はいろいろなデザインの物を買って楽しんでいたのですが、帽子をかぶるとそれまで大好きだったハイヒールや大人っぽい洋服が似合いません。

いつしか、ジーンズにトレーナーに帽子――毎日同じ格好をするようになっていきました。

「ワンパターンだな……前みたいにハイヒールやワンピースも着たいのに……」

まだ23歳。おしゃれができなくなることは、私にとって大きなダメージでした。

服装が変わることで、お気に入りのお店や場所にも行けない――目の前の世界が、一気に狭くなりました。

「里恵、かつら買いに行こうか？」

「ううん」

母は私のためにそう言ってくれたのですが、23歳の女性として、かつら屋さんで坊主の頭を見せることはどうしてもできませんでした。

そんな私を見かねた母がある日――

「事務の人に全部かぶってもらって、一番似合ってるの買ってきた！」

経営する印刷会社の事務員さんを連れてかつら屋さんに行き、すべてのかつらを試着してもらって選んできたショートヘアーのかつらをプレゼントしてくれたのです。

しかし、そのかつらは、着けると老けた感じがしてあまり満足できませんでした。それを敏感に察知した母は、

「もう一ついいのがあったよ」

こちらは――うん、とてもよく似合う！

「これなら前着てた服も、似合うね」

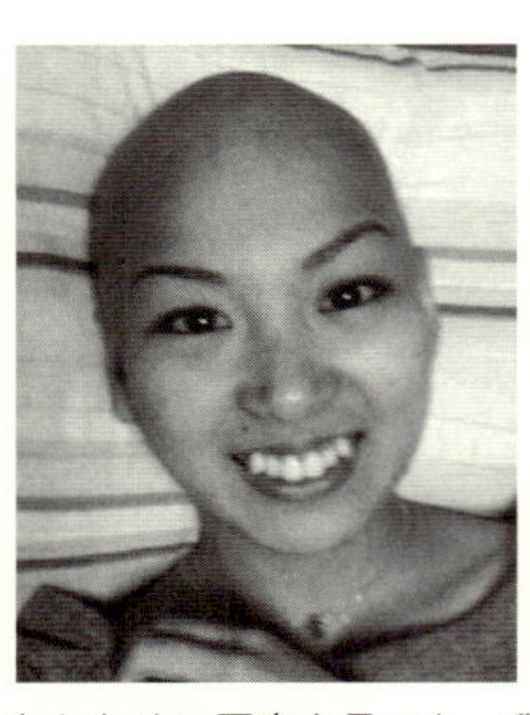
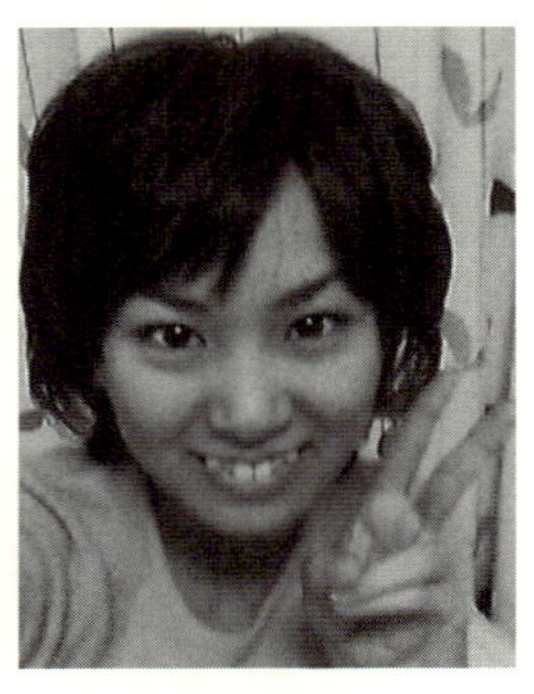

あらためて写真を見ても、我ながら、坊主がよく似合う！
右は、母が買ってきたかつらを装着して撮った１枚。

服と髪型。２つのアイテムを取り戻しただけで、心に元気がわいてきました。外にも積極的に出られるようになり——こうしてまもなく、手術の日が迫ってきたのです。

飛び出した朝

「いよいよか……」

抗がん剤の効果で、驚くほどがんは小さくなっていました。その事実に胸をなでおろしながらも、手術の日が近づいてくるにつれ、不安は急激に膨らんでいきました。

「子宮がなくなっちゃうんだ……もう、子どもが産めなくなる」

未来がすべて、崩れてゆく感触——

「恋愛、結婚はどうなるんだろう？」

不安、焦り、恐怖……さまざまなネガティブな感情に、押しつぶされそうになりながら迎えた、入院予定日の前日――

〈ごめん。私、やっぱりだめだ！〉

沸点に達した思いはついにパチンと弾け、気がつくと私は、家を飛び出していたのです。

早朝の新大阪駅――東京行きの新幹線に乗り込みました。誰にも連絡をせず、アパートに駆け込み、慣れ親しんだ部屋のドアを閉め、カギをかけると、ただひたすらに泣き続けました。

――どうして私が、こんな目に遭うの？

――手術ができなかったら、一体どうなるの？

――子宮を失うことで、人生がどんな風に変わってしまうの？

それまで必死で抑えていた気持ちが、たちまちあふれてきました。

――若い女性が子宮を失って、人として生きていく価値があるのだろうか？

――じゃあ、子宮を残すのか？　子宮を残すということは、つまり私自身ががんで死ぬということ……。

〈子宮を失って生きるか、子宮を残して死ぬか？　２つしか選択肢はないの?!

私まだ、23歳なのに!!〉

さまざまな思いが、ぐるぐるぐるぐると頭の中をまわっていました。

そのとき——

ブルルル……。ブルルル……。

家を飛び出したことに気づいた母が、連絡をしてきたのです。

——お母さん、なんで私がこんな目に遭わなあかんの!

着信を知らせるバイブレーションを聞きながら、心の中で叫んでいました。

救いを求めながらも、電話に出ることはできない。母と話せば、きっと困らせることしか言えない——そうわかっていたからです。

ブルルル……。ブルルル……。

部屋中に、バイブの音が何度も響き続けました。

覚悟をくれたメッセージ

心配している母に何度もメールの文章を書いては削除し、時間ばかりが過ぎていきました。夕方になり、少し落ち着くと、やっと、言葉らしい言葉が出てくるようになりました。


母さん、ごめん。東京に来ちゃった。

りえ、手術する覚悟ができてないねん。

手術がどうこうじゃなくて、子どもを産めなくなることに対して。

入院までには戻るから。

それまで、一人にしてほしい

しばらく連絡はありませんでした。母はメール操作なんて一切できない人だったので、返事が来るとも思いませんでした。

ところが、2時間後――

ブルルルル……。

メッセージが、届いたのです。

りえ信じられないけど東京なのですね。

今日病院から電話ありました。

入院の時間が26日の10時に決まりました。必ず帰って来て下さい。


母からでした。長く長く綴られていました。


人間生きてるだけでまるもうけ。

きっと子どもが産めない人でも、親の愛情が受けれない子どものため、何かしてあげる事ができるとお母さんは思います。

もっと大きな心を持って欲しいです。

子どもが産めなければそれはそれで、また生きていく道があると思います。

何時でもりえの事は、お母さんの命がある限り、応援したいと思います。

きっと、きっと思い切り、力いっぱいわらえる時までがんばってくれませんか？　お母さんとお父さんのためにも。

元気なりえが、やっぱり1番カッコイイとお母さんは思います。

大声で、泣きました。

とめどなくあふれる涙とともに――私はこれまでの母との日々を悔やみながら

――都会のアパートの片端で独り、大声で泣き続けたのです。

たくさん親不孝をしてきた。

グレて、思い切り夜遊びして、親には怒鳴られ、殴られ、反抗を続けてきた。

いつ縁を切られても不思議じゃないほど、背を向けてきた。つらい思いをいっぱいいっぱいさせてきた。

「それなのに――私が生きるのを、こんなに強く望んでくれているなんて……」

〈母さん、ごめん。ありがとう〉

翌朝。新幹線で大阪へ――

――生きるぞ！

覚悟が、芽生えました。

――大切な人のために！　生きる！

7

いよいよ手術

あっという間の6時間

「阿南さん、音楽好き?」

「はい、好きです」

「じゃあ、1枚だけCD持ってきていいよ」

2005年1月28日。大阪府立成人病センターでの子宮全摘出手術が、まもなく始まろうとしていました。

看護師さんが、手術前の私の緊張をほぐすため、音楽をかけてくれました。

大好きなMISIAの曲「Let it Smile」。

今でもあの光景は、忘れません。

薄いグリーンの、タイル張りの手術室。部屋全体に、透き通るようなMISIAのボーカルが荘厳に響き渡り、その空間の中で全身麻酔の処置が始まりました。手術台の上に丸まって横になり、背中から麻酔の針を刺していきます。

「痛みはないと思いますが、神経がたくさん通っているところに針を刺すので、絶対に動かないでください」

医師に言われ、とても緊張しました。

無事に処置が終わると今度は、仰向けになり酸素マスクを着けられ、すぐに看護師さんの優しい声が聞こえました。

「阿南さん。10数えるうちに意識がなくなりますよ」

「1……2……3」

心の中でカウントする間もなく、私の意識はなくなり、目が覚めると手術は終わっていました。

私にとってはあっという間の出来事――医療チームにとっては最後まで気の抜けない、難しい大手術。両親や家族にとっては、長い長い、途方もなく長い時間だったと思います。

待合室では、父と母と兄がひたすらに待ち続けていました。6時間後――

「手術、終了です！」

歩けない

「目が覚めた！」

兄の声がしました。

麻酔が切れ、目の前に、うっすらと父、母、兄の顔が見え始めました。

母が尋ねます。

「痛いやろう？　大丈夫？」

「ううん、痛くない」

ぼーっとしながら、母の問いかけに私はゆっくりと首を振りました。たいへんな手術をしても、手術直後にまったく痛みがないことに感心しました。逆に痛みを感じられなくなってしまったのかと思ったくらいでした。

「がんばったな……ようがんばった！」

家族や医師、看護師の方々に見守られ、無事、私の手術は終了したのでした。

そして翌日——

早速、歩く練習が始まりました。ところが上半身を起こすだけが精一杯で、到底立てるような気がしないのです。

気持ち悪い……めまいもする……。

「こんなんで、元の身体に戻れるのかな？」

しばらく寝たり起きたりを繰り返すと、じょじょに慣れてきました。

あらためて、歩行練習へ。看護師さんが付き添ってくれて、なんとか廊下の手すりのところまで行きました。そして2、3歩歩いた時——

ガッシャーーン！

点滴のスタンドと一緒に、大きな音を立てて私はそのまま倒れてしまいました。意識を失ったのです。ちょうど病室を回っていた女性の医師が慌てて駆け付けてくれました。

「阿南さん、大丈夫？　前見えますか？」

「…………」

目を開けているはずなのに真っ暗でなにも見えません。声が出ず、医師の質問にも答えられず、私は何度も首を横に振りました。看護師さんは、

「ごめんね、ごめんね」

何度も謝っていました。

そのまま廊下で座り込んでいると、少しして病室のベッドから何人もの人たちが驚いた顔をしてこちらを見ている様子が、ようやくぼーっと見えてきました。

そして、車椅子に乗せてもらいベッドに戻りました。

〈私の身体に、一体なにが起きているの?〉

しばらくして、主治医から手術結果の説明がありました。

不安と屈辱感のはざまで

「手術はなんとかできました。でも、やっぱりがんが広がっていて、子宮を支えるじん帯とリンパ節にも転移していました。リンパ節は、見えるところは、全部取りました」

主治医の森重健一郎先生から説明され、私は質問しました。

「見えるところは、全部取ったということは……先生。『見えないところに残っているかもしれない』ということですか?」

「それは否定できません。だから、残っているかもしれないがんをたたくため、放射線治療をおこないましょう」

医師の返事が返ってきました。

がんが私の身体にまだ残っているかもしれない。ということは、いつ再発してもおかしくない――その恐怖は、それから5年間、1日たりとも消えることなく続きました。

〈がんとの闘いは、まだまだ続くんだ……〉

手術の直後は、部屋の消灯時間になると、同じ部屋の患者さんに気づかれないよう、声を殺して何度も何度も泣きました。

がんの手術が終わったからといって、すぐに自分の運命を受け入れられるわけではないのです。時には眠れなくて、廊下のベンチに座り、窓から見える住宅やビルの灯りをぼーっと眺めていました。私の姿を見つけた年の近い看護師さんは静かにやってきて、なにも言わずに隣に並んで座っていてくれました。

軽い同情や慰めではなく、今の私の痛みをただ必死で受け止め、共感しようとしてくれる看護師さんのプロ意識を受けて、深く深く感謝するとともに、それに勝るほどの申し訳なさを感じていました。

〈ありがとう……〉

日中はみんなの前で明るくしていたものの、ふとしたことで落ち込み悲しくなることが、たびたびありました。たとえば、自分と同年齢の女性が隣のベッドに、お母さんの見舞いに来た時――

「私だってちょっと前まであんなふうに髪の毛もあって、子宮もあって……同じようにおしゃれを楽しんでいたのに……」

そう思いました。

また、手術後しばらくはカテーテルという管を尿道に通して排尿していました。時間になると、若い看護師さんに排尿させてもらわなくてはなりません。

「少し前までは、なんだってできたのに……」

なんともいえないみじめさと、屈辱感と恥ずかしさ。

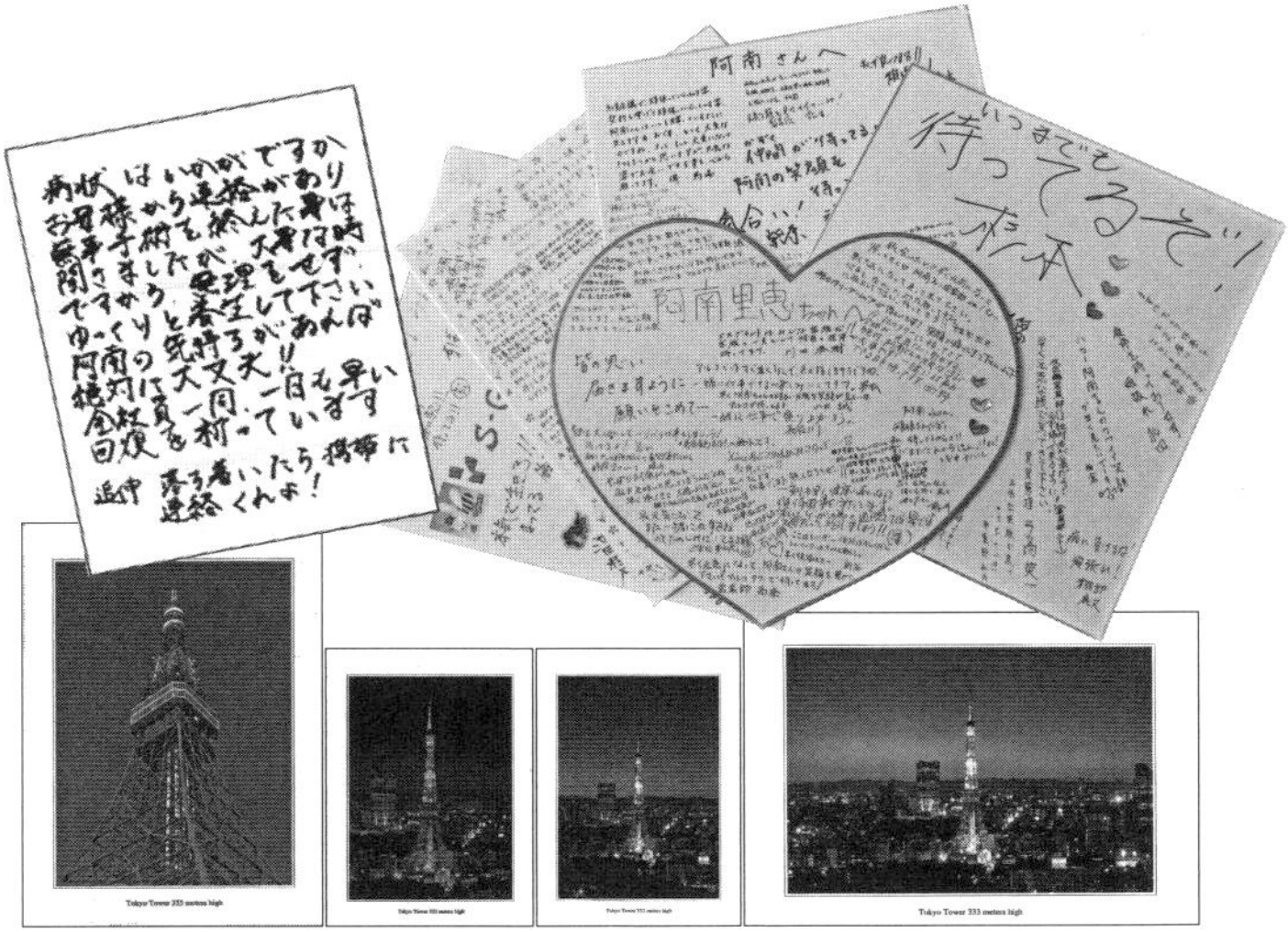

入院中は、東京タワーのポストカードと、不動産会社の仲間からの寄せ書き、杉本社長からの手紙に励まされた。

「まだこんなに若いのに……今はおしっこも誰かに手伝ってもらわなきゃできないなんて……」

すべてが、はじめて味わう苦痛でした。

笑い合ったひととき

つらい入院生活の中にも楽しいひとときはありました。

同部屋の入院患者たちはみな、女性。一回り以上年上の方々で、みな個性の強い人ばかり。ある日、隣のベッドの患者さんが大きく息を切らして戻ってきました。

「どうしたんですか?」

私が尋ねると、彼女は言うのです。

「この病院は古いから、すごくレトロな美容室があるって聞いて、見に行って来たの！」

美容室は地下にあり、その日はたしか日曜日で地下のお店はすべて休みのはず。廊下の電気もほとんど消えていたそうです。誰もいない病院の薄暗いフロアに一人で行き、レトロな美容室を見てきたのですから、まさに肝だめしをしているようなもの！

「少し歩いたら、奥から足音がしたのよ。怖くなって慌てて引き返して、エレベーターのボタンを連打しちゃったわ！」

「まったくアンタ、なにやってんのん！」

他の患者さんが、すかさずツッコミ！

「もうやめてぇ～！　笑わせないでぇ～！　お腹の傷に響くやん！」

実は同じ部屋の患者さんたちは皆、子宮筋腫などで最近、お腹を切る手術をしたばかり。走っても笑っても、傷が痛むのです。大慌てで戻ってきた患者さんは、走ったのでお腹が痛くなり、その話を聞いた私たちも大笑い。全員、お腹の傷が痛み、その光景がまたおもしろいし、痛いしで、大いに盛り上がりました。すると、看護師さんが飛んできて――

「ここの病室はうるさすぎます！」

まるで子どもが学校の先生に注意されるみたいに――

「すみません」

「またウチらやな。怒られるの！」

そして顔を見合わせ、また笑うのでした。

〈誰もがギリギリの闘いをしているはずなのに、こんなに笑っている……〉

私は、思いました。

〈みんな強いな……私もがんばらなきゃ！〉

やがて、私にも退院の時期が来ました。

これからは、通院しながらの放射線治療が始まります。

8

東京での放射線治療

軽率な行動から

「先生！　私どうしても東京に戻りたい！」

退院後は、通院しながら放射線治療を始めることになります。

〈通院だけで済むなら……東京で治療したい〉

入院中もずっと東京タワーのポストカードを枕元に置き、東京に戻ること、職場復帰することを願い続け、毎日毎日治療をがんばってきたのです。

〈早く、私の居場所に戻りたい！〉

無茶な相談であることは、承知のうえ――大阪府立成人病センターの主治医の森重健一郎先生に相談をしました。

「先生。東京で放射線治療をすることは、できないでしょうか？」

先生は、反対することもなく元の東京の病院に転院させてくれました。

こうして、まだまだ寒さも厳しい2月に再び東京へ――

「ああ、帰ってきた！　やっぱり落ち着く……」

久しぶりの景色に、私は息を弾ませていました。

がんを宣告され、大阪での手術を薦められた東京・築地の国立がんセンター中央病院。４か月ぶりにここに戻り、私は主治医に誇らしげに言いました。

「先生！　戻ってきました！」

すると、いつもはポーカーフェイスだった先生が、この日ばかりは強く私を叱りつけたのです。

「どうして戻ってきたんですか！　普通は最後まで、同じ病院で治療するんですよ！」

このときはその意味を理解できずにいました。森重先生は、拒否をするわけでもなく、東京での放射線治療を許してくれたからです。

次の診察の時、私は、先生の怒りの理由に気づかされることになったのです。

診察中——先生が一瞬席を外した時、パソコンの画面に書かれた長文のメールが見えました。

森重先生へのメッセージでした。謝罪の言葉から始まり、長い長いおわびの文章で綴られていました。

無理を言って治療をしていただいたにも関わらず、本人のどうしても東京に戻らなくてはならない理由があり、こちらの病院に戻ってきてしまいました。申し訳ありません。

そんな内容の謝罪文でした。

「私の勝手な行動のせいで、どちらの病院にも迷惑をかけてしまった……」

このとき、深く反省しました。

それまでは、「医師というものは、淡々と病気を治療する人」と勝手な印象を持っていました。しかし、実際はそうではなく、一人ひとりにその人なりの人間らしさがあり、医師同士もさまざまなつながりの中で生きているのだとこのとき痛感させられたのです。

よく考えれば、当たり前のこと——しかし、社会人経験の浅い私は、ここでも人間としての未熟さを思い知らされたのでした。

女性患者としての思い

すぐに国立がんセンター中央病院で放射線治療が始まりました。

まず広くて真っ暗な部屋に入り、冷たい台の上に仰向けになりました。

「照射の位置を設定していきます」

放射線をあてる場所を正確に定めるため、放射線技師が黒いマジックで私の下腹部に線を書いていきます。何度も、何度も……ほんの少しでもポイントがずれないように、修正が繰り返されました。

「放射線治療って、痛いのかな……?」

痛みや照射される感覚はまったくありません。

ただ、はいていたショーツに黒いマジックの線がそのままついてしまい、当時はそれがすごく嫌でした。

1回目の放射線が終わった時、放射線科の女性の医師に呼ばれました。

〈なにか言われるのかな……どこか悪いのかな〉

不安な気持ちで診察室に行くと、医師はこんなことを言いました。

「今日みたいに、毎回かなり身体をさわられます。でも、毎回女性の放射線技師を用意することができません。それでも大丈夫ですか？」

この一言は、今でも鮮明な記憶として残っています。私は医師が話し終わる前に、こう答えていました。

「全然大丈夫です。先生、気にしないでください！」

たしかに、治療だからといって男性に何度も何度も身体をさわられるのは気分のいいことではありません。しかも当時私は、23歳。でも、治療についての覚悟はありました。それよりも、私の気持ちを察してくださった医師の心遣いが本当に嬉しかったのです。

そして、同時にその医師はこう言ってくれました。

「元気なおばあちゃんになりたかったら、運動してくださいね」

思いもよらなかった医師からの心遣いを受けながら、放射線治療は1か月以上続きました。平日は毎日通院。するとまもなく、さまざまな副作用が出始めたのです。抗がん剤とは違うけれど、こちらもはじめて経験することばかりでした。

不便さとの闘い

「またトイレ！　もういや！」

放射線治療の副作用の主なものは、下痢でした。自宅から病院の最寄駅に着くまでの30分の間に、途中の駅で2回もトイレに立ち寄らなければなりません。それが毎日続きました。

「街中のトイレの場所が書かれた地図があればいいのに……」

何度もそう思ったものです。最初の頃は、トイレの場所を心配するあまり、知らない場所に行くのがすごく嫌で億劫になったものでした。

東京に戻っても、不動産会社は、放射線治療が終わるまで休職扱いにしてもらっていました。もちろん放射線治療が終われば、職場復帰するつもりでした。治療さえ終われば、以前と同じように元気に働ける——そう思いこんでいました。だからこそ、つらい治療も乗り越えられたのです。

ところが、私の身体は予想以上に大きなダメージを受けていました。治療が終盤に近づいてきて、そのことを認めざるを得ませんでした。なによりも重大な問題は、「体力の低下」でした。

「ああ、疲れた。もうダメ」

大好きなウインドーショッピング。

以前なら2時間ぐらい平気で歩いてお店を眺め続けていたのですが、手術後は30分ほどで疲れてしまい、休んでもすぐには回復しません。

「これじゃあ、元気にマンション販売なんてできない！」

情けない……けれど、あれほど戻りたかった会社です。辞める決断は、すぐにはできませんでした。

「それなら、営業から事務職に異動するのはどうだろう？」

総務からはこんな提案をもらいましたが、営業職で華々しく活躍していた私にとって、ウィッグをつけて事務職として復帰するということを、どうしても受け入れることができませんでした。

休職中も、不動産会社の先輩や同僚たちは、病気になる前と変わらず仲間としてそばにいてくれました。

「やっぱり復帰は無理……?」

ショックとともに、新しい仕事探しに向けて私は動き出しました。

離れたくない。でも……

復職はあきらめつつも、東京での一人暮らしをやめる気はありませんでした。

そこで、電話で営業するアルバイトを始めました。その会社には毎日、かつらをかぶって出勤。営業には自信がありましたが、お客さんの顔が見えない電話営業は、まったく私の性に合っていませんでした。

「なんでうまくいかないんだろう……」

同じ時期に採用されたアルバイトの中でも、私だけなかなか結果が出せません。営業なので、結果が出せなければ給料は一向に上がりません。物価の高い東京では、アルバイトでは家賃を稼ぐだけで精一杯でした。

「これじゃあ、生活していけない……」

想像もしていなかった、治療後の生活。元気になって社会復帰を夢見ていた私にとって、それは予想外の展開でした。

東京へ戻って3か月——まるで落ち武者のように、私は再び大阪へ戻ることになったのです。引っ越しの日が決まり、私は無念な気持ちを引きずりながら、不動産会社に挨拶に行きました。

杉本社長のはからいで役員が中心となり、盛大な送別会を開いてくれました。休職後に入社した社員も大勢いましたが、私が上司たちに送った手紙を読んでくれていて、会ったこともないのに私のことを知っていて、出席してくれたのです。

社長や上司との会話、職場の仲間たちとの思い出——アルバイト時代から数えても働いていたのはたった3か月——そこに凝縮されたたくさんのシーンが脳裏に浮かんできて、自然と涙がこぼれました。

「10年以内に私も杉本社長のように有名な社長になります!」

私はみんなの前で、宣言しました。

仲間への感謝と、別れの切なさ、仕事への未練と、未来への不安……いろんな思いがごちゃまぜになったまま——私は再び大阪の実家に帰ったのです。

9

大阪で再スタート

誰かのためになりたい！

〈治療さえ終われば、東京暮らしに戻れる！　そう思っていたのに……〉

意外にも「体力的」「経済的」理由から、私の人生はふりだしに戻ることになりました。

東京のアパートを引き払い、大阪の実家での静養生活がスタートしました。

検査があると東京のがんセンターに行き、それ以外は大阪で過ごすという日々。しばらくは、なにもすることがありませんでした。

「大丈夫？　身体は、つらくない？」

両親はとても気を遣ってくれて、私に用事などを言いつけることもありません。

「うん。大丈夫」

〈仕事も家事もしなくていいなんて、まるで夢のよう！〉

最初こそ、そう思っていたのですが……そんな気持ちはすぐに覚めていきました。

〈「自分のため」だけの生活なんて、まったく楽しくない〉

友達はみんな仕事なので会える機会も少なく、オシャレがしたくて買い物をしても、誰に見せるわけでもないから、意味を感じられません。

〈大好きだったオシャレも仕事も、誰か相手がいるから楽しくて、あれほど夢中になれたんだ〉

毎日することがなく、1日の時間がとても長く感じるようになると、焦りの気持ちが、どんどん膨らんでいきました。社会からどんどん「隔離」されていくような——不安が襲ってきました。

〈誰かとおしゃべりしたり、笑い合ったりできないことや、仕事で人に喜んでもらうことができないというのが、こんなにつまらないことだったのか〉

それに気づき、私は動き出さずにはいられませんでした。

2か月後——丸坊主の頭に、髪が少し生え揃う頃——私はアルバイトを始めることにしました。

仕事が元気をくれる

「かつらをかぶらずに挑んでみよう！」

そう覚悟し、扉を叩いたのは大阪・梅田のパソコンスクール。受付係のアルバイトの面接でした。

私の髪質は直毛なので、髪が短い間はなにをしても立ってしまい、まるで野球少年のよう。ただ愛想はよかったので、そんな頭でも快く受け入れてくれました。

「難波校ですが採用します。一緒にがんばっていきましょう！」

「ありがとうございます！」

はじめの2か月くらいは、身体を慣らすためにも、週3日ほどの勤務。パソコンのことは詳しくありませんでしたが、接客や段取りなど、これまでに得たさまざまなスキルが活かせる職場だったので、楽しくて一生懸命働きました。

「やっぱりそうなんだ。誰かに喜ばれることで、こんなに心が元気になれる！」

仕事が乗ってくると、気持ちも晴れやかになってきました。やがて任される仕事も増えてきて、勤務日数も4日、5日へと増やしてもらいました。私を指導してくれたパソコンスクールのマネージャーは30代の女性。バリバリのキャリアウーマンという雰囲気や彼女の仕事ぶりに、私は強く惹かれました。

「私もあの人みたいな女性になりたい！　もっともっと、がんばらなきゃ！」

仕事への欲が、再び燃え上がっていきました。

そして、このアルバイトの他にもう一つ新たなチャレンジを始めました。

ベビーシッターの養成講座の勉強でした。

〈がんで子どもが産めないとしたら……このまま私は一生、子どもとふれあえない人生になってしまうのか……〉

そんな不安を抱えていたのです。

〈たとえ自分の子どもでなくても……せめて子どもと接する機会がほしい〉

素朴な願いがあったのです。

バイトをしながら、自宅でテキストで学習をし、2週間に1回教室に通って実技を学びました。そして、半年後――無事に終了証をもらうことができたのです。

たった一度の人生だから

大阪でのアルバイト生活も、1年が経とうとしていました。パソコンスクールでのキャリアも上がるなか、私はある日マネージャーに、こんな相談をしました。

「東京本社への採用を、お願いできないでしょうか?」

運よく当時は、東京本社で新しい事業部を立ち上げたばかり。求人も出していたようでした。私は大阪でのこれまでの働きぶりを認められ——東京本社で正社員として採用!

「母さん! 正社員になれるよ! これなら東京で暮らせる」

嬉しさを隠しきれず、私は自宅に帰って言いました。母にとっては、がんを患った娘をまた東京に行かせるなど——考えてもいなかったはず。本当ならば、首に縄をつけてでも自分の手元に置いておきたかったでしょう。

ところが母は、答えたのでした。

「里恵ちゃんの人生やから」

母は、言いました。

「里恵ちゃんがしたいようにしたらいい」

母の言葉に、私は驚きました。それと同時に、私の口から自然と、心のままの言葉がこぼれ出していたのです。

「ありがとう。母さん」

学生時代は口もきかず、いつも反抗していた私。母は私のしたいことをことごとく否定し、私も母の助言をまったく聞き入れてこなかった――

それが、「がん」をきっかけに、親子でさまざまな葛藤と闘うなかで、気がつくと、私たちはまったく新しい親子の絆をつむぎ始めていたのです。

「里恵ちゃんの、人生やから」

こう言った母も、実は懸命に闘ってくれていたのだ――私は、感じました。私と同じくらい母も、いのちのはかなさ、人生のはかなさを感じていたのです。

〈明日、生きているかなんて誰にもわからない。明日も生きていられる保証など、ない〉

家族みんなが、がんから、学んだことでした。

がんの発覚から手術後5年の経過観察が終わるまで——母は私の再発を考え、毎月毎月コツコツ貯金をしていました。私はそれを、ずいぶん後になってから、知りました。

輝きを取り戻すために……

「がんになる前のような人生を、もう一度取り戻したい！」

そんな気持ちを胸に秘め、東京・新宿のパソコンスクールでの勤務を始めました。

私の仕事は、スクールで技術を身に付けた生徒さんたちを企業に派遣する、という営業職。もともと営業の仕事が大好きだったこともあり、一生懸命仕事に打ち込みました。

「10年以内に、有名な社長になります！」

不動産会社の送別会で宣言した言葉を、いつも大切に、心に宿していました。

あのときの情熱も、薄れていない！

かつていた会社は、「社員はどんどん起業してグループ会社を立ち上げろ！」という社風だったので、営業で結果を出して認められるのがとても楽しかったのです。新しい会社でも、私はこれまでの経験を活かした工夫や企画提案をし、結果を出そうと努力しました。

ところが今度の会社は――まったく違っていたのです。

「阿南さんは、将来どうなりたいの？」

ある日、先輩社員に尋ねられました。

私は素直に、答えました。

「起業したいんです！」

すると、なんとその先輩が上司に相談したのです。

「いついなくなるかわからない後輩を、育てることはできません！」

数日のうちに、取締役に呼ばれました。

「阿南さん。あなたの『起業する』という夢を、いったん白紙にしてください」

取締役は言いました。

「今の仕事に集中して取り組みなさい」

私は、驚きと落胆の気持ちでいっぱいになりました。言っていることは理解できる。でも、本当にそれでいいの？　一瞬迷い、気がつくと答えていました。

「すみません。私は、自分の夢を白紙にすることはできません！」

取締役の驚いた表情が、とても印象的でした。

それから2日後――私は、退職を決心していました。

〈まさか、こんなに早く辞めることになるなんて……〉

情けないぐらいに不器用な自分を、このときは恨みました。

〈でも私は、私らしく輝きたい！　両親を心配させるわけにもいかない。だから今度こそ、東京で長く働ける場所を見つけなきゃ！〉

こうして再び――「就活」の日々が始まったのです。

10

がんの後遺症と仕事

突然やってきた、苦しみ

「ベビーシッターのスキルを活かそう！」

今度こそ長く働ける場所を見つけようと、保育園を経営している会社の採用試験を受けました。

面接官は、ベビーシッターの養成講座を修了していることを評価してくださり、

「それでは阿南さん。保育の方ではなく、『ベビーシッター事業部』で働くのはどうでしょう？　ベビーシッターの派遣を手配したりする部署です」

この提案に、私は迷わずうなずきました。

面接官はさらにこう言いました。

「若いから、問題ないと思いますけど……『健康』ですよね？」

面接官にとってはマニュアル通りの質問のようでしたが――私は「どうしよう」と一瞬、悩みました。

「はい」

治療自体は終わったけれどまだ経過観察中。がんが治ったと言える状況ではありません。けれど、同じ年齢の「健康な人」が試験を受けに来たら……私はきっと不採用になる――そう直感し、事実を隠して返事をしてしまいました。

「はい」と答えたことが影響したかどうかはわかりませんが、結果は採用。

ところが、ベビーシッター事業部での仕事を始めてから、再び思いも寄らない〝影響〟が、私の身体に出てきました。

がんの治療による、後遺症の一つ――足のむくみでした。

「なに、これ？」

新しい生活に希望を見出し、連日夢中で仕事をするうち――私の両足は、パンパンに膨れあがり始めたのです。

「リンパ節をとったことと、放射線治療によって、足のむくみが出ることがあります」

医師からは、前もってそう告げられていました。とはいえ、これまでに足がむくんで困ったことはなかったので、私は大して気にしていませんでした。

ぱんぱんに腫れた足

変化はある日、突然に訪れました。

「どうしよう……」

ベビーシッターの採用や研修、お客様とのやりとり、給料計算、請求書作成など……やるべき仕事を次々とこなしているさなか、一番忙しい時に後遺症が出ました。

仕事を始めてから数か月目。足に赤い発疹が出始め、両足はパンパンに腫れあがっています。

「まるで足じゃないみたい……」

その日の夜から40度近い高熱が出ました。

「これがもしかして……後遺症？」

熱にうなされながら、仕方なく翌日は、急な休みをもらいました。しかし、それから毎月のように同じ症状が出るようになりました。

「先生、やっぱり足がむくんで……」

定期検診の際に医師に伝えると、先生は専門の治療院を紹介してくれました。ところが、あまりに仕事が忙しく、平日に休んで病院に行くということがとても難しい状況でした。

「1回の施術で2万円？　そんなにかかるの？」

当時は保険もきかず、治療費の高さも災いし、なかなか受診する決心がつきませんでした。

それから数か月——同じように突発的な欠勤が続き、ついに私は上司にすべてを打ち明けたのです。

「私、実はがんの治療をしたんです……」

採用試験で嘘をついてしまったし、クビになるのは覚悟の上でした。けれども上司は、穏やかな口調で、言いました。

「それはたいへんだったね……。これからは残業もしなくていいから」

出勤時間をずらすなど、体調を優先できるような待遇をとってもらいました。

ところが、1か月も経たないうちに今度は、職場内から、反発の声が――

「どうして阿南さんだけ、早く帰れるんですか」

不満が出ても、不思議ではありません。職場ではみんなが毎日夜遅くまで残業するのが普通だったし、上司以外誰も私ががんだということを知らなかったのですから。

〈これじゃあ、職場内の雰囲気まで悪くなってしまう……〉

迷った末、私は本社内の社員全員に、メールを送ろうと決めました。

共感と、わかり合えないこと

私は23歳のとき、子宮頸がんになりました。

手術により子宮を全摘出しましたが、治療の後遺症で、無理をすると足がむくみ、高熱が出てしまうのです。

病気の経緯を、事細かに説明しました。

するとまもなく、女性の取締役から励ましの返事が届きました。

「阿南さん。これからも期待しているから。決して身体に無理をせず、一緒に会社を引っ張っていきましょう！」

社長からは、謝罪の言葉も届きました。

「全員にこうしたことを説明しなくてはならない組織を作っていることを、本当に申し訳なく思います。阿南さんに決して不利益がないよう、ぼくが保障します」

とても嬉しい言葉でした。

〈みんな、病気のことを理解してくれている！　これからも、迷惑がかからないよう一生懸命働こう〉

覚悟して打ち明けた思いが受け入れられ、心が晴れたのもつかの間——しばらくすると、一部の人からこんな声があがり始めたのです。

「阿南さんって、本当に病気なの？」

見た目には元気だから、がん患者だとは思えない——それが、理解されない理由の一つ。ショックでした。

世の中には、元気そうに見えるけれど実は病気と闘っている患者さんはたくさんいます。私自身、普段はとても元気に過ごし、オシャレだって大好きだし、友達と大声で笑ったり恋愛だってする。

――でも、後遺症は突然やってくるのです。

〈がんだからといって、がん患者らしい顔色や体形なんてないはずなのに……〉

ふとした時に、がんの影響は出るのです。会社でみんなと同じように忙しく仕事をしている時、突然足が腫れて高熱が出ます。その急な変化とつらさは、健康な人にはなかなか理解してもらえない――それは、ジレンマでした。

〈なんで私だけ、こんな思いをしなければならないの！　私だって以前のようにバリバリ働きたいのに！〉

悔しくて悲しくて……だけど誰にも思いをぶつけることもできず……家に帰って、何度も何度も泣きました。

〈私は、会社のお荷物になっている……若いのに、無理ができない身体なんて！〉

こうしてまたまた、会社を退職してしまったのです。

輝ける場を求めて

〈いくら自分ががんばっても、限界にぶつかってしまう……こんなにも社会は、がん患者に対して、理解が薄いのか！〉

私は、悩み続けました。

その後、それまでの人とのつながりでいくつか保育の会社を転々としましたが、どれも長くは続きませんでした。短期間で転職を何度も繰り返すうち、もう自分自身を信じられなくなっていました。

――私は、組織でやっていけない人間？

――きっと、性格に大きな欠陥があるのかもしれない……。

心は、ふさぎ込んでいきました。

そんな時――ある女性と出会いました。

保育施設を運営する会社の経営者で、旦那さんは現役のプロ野球選手。彼女自身は、元モデル、誰の目にも止まるほどの美人でした。

彼女の会社は立ち上がったばかりで、社員はまだ一人でした。

「やりたいことを、なんでもやってみるといいわ」

そう言って彼女は、私を快く働かせてくれ、私が提案したさまざまな企画を実現させてくれました。一時保育施設のオープン、認可保育園の企画……会社がまだ「組織」になっていなかったため、私にとって働きやすい場でした。

社長はモデル時代に築いた人脈や豊富な資金を活かし、保育園をたちまち入園の予約が殺到する人気園へと盛り立てていきました。

「すごい！　私も社長のようにかっこよく仕事がしてみたい……」

ちょっとおっちょこちょいではあるけれど、自由で豊かな発想で大胆に会社を切り盛りする経営者。そんな彼女の姿に憧れました。

「私も起業したい！」

11

会社を起こそう！

今日を生きるために……

起業を決心した一番の理由。それは、

〈自分にしかできないことをしたいから〉

でも裏を返せば、いつも、心の中でこんな恐怖と闘っているからでした。

「自分は、明日死ぬかもしれない……」

子宮頸がんの場合、がんの治療が終わってから5年間の「経過観察期間」があります。その間は健康状態の確認と、がんが再発したり転移したりしていないかの検査のために定期的に通院します。

検査の頻度は、はじめは1か月に1回、しばらくすると3か月に1回、半年に

1回となり、数年経つと1年に1回の検査となります。そして無事に5年経てば「完治」とみなされるのです。検査のたびに、神様からの審判が下る気持ちでいました。

経過観察期間が始まって1年ほどが過ぎた頃、診察時にふと主治医に質問をしました。

「先生。こんなにマメに検査を受けてたら、次に見つかった時は早期発見ですよね？　助かるんですよね？」

特に深い意図もなく、世間話のつもりでした。そして当然のように、「そうですね」という言葉が返ってくるのだと思っていました。

ところが医師は、こう言ったのです。

「『再発』というのは、全身に転移している場合もあり……まだ世界的にも治療法が見つかっていないんです」

その言葉を聞いて、恐怖が倍増しました。

〈そんな！　じゃあ、次にがんが見つかった時は、もうダメなんだ〉

次はもうないんだと思うと、それからの検査が毎回とても大きな恐怖となりました。検査の前日は一人ではいられず、友達や彼と一緒に過ごしました。自暴自棄になり、大量にお酒を飲んでは酔っ払い、眠りにつく……。ところが決まって悪夢に襲われ、汗だくになって深夜に目が覚めるのです。

恐怖というのはその瞬間はごまかせても、本当は心の底の方まで染みついているのでしょう。汗だくで目が覚めた後は眠れず、毎回、寝不足の疲れ切った状態で、病院に行きました。

「自分はいつ死ぬかわからない……」

その意識は、経過観察が終わってからもずっと私の中に根付いています。

でも逆に考えると、その意識があるからこそ誰よりも一日一日を全力で大切に生きていられる——そう思えました。希望と絶望。両極端の感情を隣り合わせに抱きながら、ある決心を実行に移したのです。

人とのつながりで、夢を実現⁉

同じ年齢の健康な人たちに比べると、私はたしかに残業も休日出勤もできない。

けれど、企画力には自信がありました。

〈それなら会社を経営して、自分のペースで仕事をすればいい！〉

そして、動き始めました。

起業するには、当然お金が必要です。でも私にはもちろん、そんな大金はありません。そこで国の金融機関に行きましたが、20代ということで話しさえ聞いてもらえませんでした。

起業準備をしながらアルバイトを始めました。するとある日、アルバイト先で仲良くなったお客さまが私に連絡をくれたのです。

「食事しながらちょっと話さない？」

彼も数年前に大病を患い、病気との闘いには苦労していました。

「ぼくも経験があるから、里恵さんの気持ち、とてもよくわかるよ。里恵さんには夢がある。ぼくにその夢を、応援させてくれないか？」

彼は、「銀行に預けているより夢があるから」と言って、多額のお金を貸してくれたのです。

「ありがとうございます！　大切に使います。必ず恩返しします」

音楽のイベント会社をつくりたい――そう決めていました。私は、仕事の次に音楽が大好きで、以前から音楽大学に通っている学生たちとのネットワークを持っていました。時々友達を集めてはヴァイオリンやピアノの生演奏を聴きながら食事会をしたり、保育の会社で働いていた時も、保育園で演奏会を開いたり、さまざまなイベントを組んだものです。

〈これを仕事にしよう〉

２００８年10月１日。「株式会社グローバルメッセージ」という名の会社を設立しました。国や人種に関係なく、世界の未来にほんの少しでもなにかを残したい――そんな切実な思いを名前に込めたのです。26歳も残すところ半月あまりのその日、代表取締役阿南里恵が誕生しました。

ところが現実は――予想以上に厳しいものだったのです。

夢が泡となっていく日

経営者になり、さまざまなパーティーやイベントを主催するも、告知のためのホームページやチラシ作成……とにかく出費ばかり。売り上げは一向に上がりません。

「和楽器とヴァイオリンのバンドをプロデュースしよう!」

ところが曲を作るにも、プロモーションビデオを作るにも、以前よりもっと大きなお金が出ていく――自分の考えの甘さを思い知らされました。

「私は経営コンサルタントをしているので、あなたの仕事をお手伝いしますよ」

ある経営者が、救いの手を差し伸べてくれました。

「ありがとうございます! 助かります」

ところが、数か月経ってもまったく会社の状況は変わらない。ただ、コンサル料として数百万円があっという間に消えていっただけでした。

〈親身に相談にのってくれていたのは……きっと、お金が目的だったんだ!〉

ショックはとてつもなく、私は極度の人間不信に陥りました。

一気に、会社のお金が底をつきました。

プロデュースしようとしていたバンドも、もう維持はできない――そう判断した私は、解散を決断しました。大金を注ぎ込んできたバンドを手放すというのは、経営者として情けなくて、悲しくて、またバンドのメンバーにも申し訳なくて……。

「なんで、解散なんですか！」

メンバーたちからは、猛反発を食らいました。私だって、みんなが創り出す音楽が好き……本当は手放したくない……でも、なにを言われても、一言しか返せませんでした。

「すべて私の責任です」

夢も希望も打ち砕かれ、みんなから恨みを買う形でバンドは最期を迎えたのでした。

彼の本音に直面して

仕事がうまくいかなくなると、プライベートにまで悪影響が及びました。

当時付き合っていた彼と、ささいなことでケンカをするようになっていました。

「はぁ……」

「これから、どうするんだ？」

連日の私のためいきに、飲食店を経営していた彼は、見かねて聞いてきました。

「どうするったって……またなにかやるしかない」

「なにかやる、って、これじゃ、借金をつくるだけじゃないか!」

「でも私は、やるしかないの! 明日があるかわからないから!」

口論が激しくなった時、彼が言ったのです。

「俺は……自分の子どもがほしい」

心のどこかで覚悟していたはずの言葉ではありましたが、ショックでした。

子宮を失った私は、どうがんばっても自分で出産することはできません。でも、きっと彼ならそのことを受け入れ、一緒に人生を歩んでくれるだろう——そう信じて、一緒に暮らし始めていたのに……。

〈それが、本音だったんだろうな〉

そう思うと、悲しくて悔しくて大泣きしました。

「私たち、もうわかり合えないよ。きっと」

つらい別れでした。

12

大震災の教訓と共感

好きなバイクを武器に

私の会社「グローバルメッセージ」の再出発として、今度はバイクのイベントを立ち上げることにしました。バイクは学生時代から専門学校、そしてホンダ時代にもずっと好きだったものです。

「女性のバイクチームを作って、いろいろな体験型のイベントを企画しよう！」

詳細な企画書を作り、全国展開している大手のレンタルバイク屋さんに、直接交渉に行きました。

『代表取締役　阿南里恵』

そう書かれた名刺を差し出す私の前に、社長をはじめ、部長、広報の責任者がずらりと並びました。かつての就職試験の面接と同様、私はそれまで膨らませてきた夢を熱心に語り尽くしました。

「女性ライダーの会員を集めて、さまざまな体験型ツーリングイベントを提供したいと考えています。毎回違うジャンルのバイクを借りることにより、ある日は山の中をドロドロになって走ったり、ある日はアメリカンバイクの『ハーレー』のイベントに参加したり……バイクのいろいろな世界を体験するということが、この企画の最大の魅力です！」

商談後――その会社からは驚くほどいい返事が返ってきました。

「当社でご協力しましょう。御社の会員さんには定価より安い価格でバイクを貸し、会員募集のチラシも店頭に置きましょう」

「ありがとうございます！」

やる気は一気に高まりました。

募集を開始すると、次々と女性ライダーたちが会員登録をしてくれるようになりました。ほとんどは、私よりも年上の女性たちでした。

そして、いよいよイベント実行！

オフロードバイクのイベントにて。今でもバイクは、時々楽しんでいます。

自然に癒されながら

イベントは、毎月実施しました。最も好評だったのは、泥や川の中を走ったり、崖を上ったり下りたりするオフロードバイクのレッスン。専用バイクの他に、ウェアやヘルメットなどの装備一式もレンタルできるようにしました。

プロの指導を受けながら、思い切りオフロードバイクの世界を体験できる――バイク初心者からベテランまで、毎回たくさんの予約が入りました。

そのうちに、ある企業の社長と知り合いになりました。

「うちの子会社が、山梨で農業をやっているんだ。そこでイベントをやらないか？」

神奈川からスタートして山梨までバイクで行き、現地で採れた野菜でカレーを作る――こんな企画を実施しました。

イベントの目玉は、間伐体験。地元の森林組合の協力を得て、オフロードバイクで山に入り、手入れできていない山林の木を切り倒すという体験です。

「今は、日本の林業が衰退してしまったため、木も土もやせ細り、このままだと地下水が枯れたり、大雨が降った時には水を吸収できずに大洪水になるおそれがあるのです」

こんな説明を聞きながら、育てたい木に日光が当たるように私を含めた参加者たちが、指定された木を切り倒していきます。

ブォーーン、バリバリッ！

チェーンソーのエンジンをかけると、ものすごい爆音が広がり、ガソリンの匂いが漂いました。倒したい方向を計算し、木に切り込みを入れます。うまく切り込みを入れられたら「バキバキバキバキバキ」という音とともに十数メートルもある木が倒れていくのです。

バキバキッ、ズドーーン！

木が倒れていく瞬間は、なんともいえない快感がありました。

「気持ちいいね！」

「そうだね。いい汗流したね！」

みんなの笑顔を眺めながら、そのときだけは、病気のことも忘れられるぐらい、自然とのひとときに充実感を覚えたのです。

何度も山梨に足を運ぶうちに、社長や仲間と話が盛り上がっていきました。

「観光客向けに、バイクで観光案内をする店をここで開いたらどうかな？」

「それはいい！　ぜひやろう！」

私は早速、周辺をくまなく調べ、いい物件を紹介してもらいました。

〈住まいは近い方がいいな〉

山梨で暮らそうと決め、マンションの内見にも行きました。

「ここで人生、再スタートだ！」

あとは、引っ越しだけ！　意気揚々と張り切っていた矢先——

２０１１年３月11日、東日本大震災。

震災のショックとの対面

震災時、私は東京のアパートにいました。

もともとトラックが通るだけで揺れていた自宅が、余震で頻繁に揺れるようになり、私自身、一気に体調を崩してしまいました。

震災の影響は山梨の観光ビジネスにも、大きな打撃を与えました。

「富士山が噴火するんじゃないか？」

そんな噂まで広がり、観光客は激減。それまでに経営の厳しさを学んでいた私は、このタイミングで観光ビジネスに踏み切れば、一瞬にして数百万円、数千万円の赤字が出ると判断し、残念な思いで山梨の人たちに中止を伝えました。

その後も会社は音楽イベントなどをしてはいましたが、ほとんど休業状態。いつかは必ず利益を上げられる会社にする――そう思っていましたが、実際はお金が出ていくばかり……。

私はアルバイトで必死に生活する日々でした。

「東京の私でさえ、こんなに影響を受けたのに……被災地の人はどんなにつらいことか……」

そう思った私は、体調が回復した2か月後、飛び出していきました。

津波の被害を受けた海沿いの町、宮城県亘理（わたり）町にボランティアに向かったのです。２週間に一度、現地に向かい、津波で泥に浸かってしまった家の泥出し作業を手伝いました。

想いを、重ねながら……

「2か月経っても、状況がまったく変わらないなんて……」

震災直後にテレビで観た光景と、町がほとんど変わっていないことに、私は愕然としました。そしていかに人手が足りないのかが、よくわかりました。

また被災地の人々が、「自分たちだけ取り残されていくような不安や恐怖」を抱いているのが、痛いほど感じられました。

そして、その気持ちは私のがん体験とぴったり重なりました。

「いのちさえあれば、それでいい。本当に助かってよかった！」

被災地の人々は、はじめはみなそう言っていました。けれど、それからしばらく経つと仕事や生活に困るようになり、終わりの見えない不安やつらさから、怒りや悲しみの気持ちが生まれてくるのです。

「こんな暮らしになるのなら、助からない方がよかったかもしれない」、と。

被災者の方々が、そのような言葉を発しているのをニュースで見るたび、私は切なくなり、自分の境遇と重ね合わせていました。

「いつまでこんな人生が続くんだろう……」

「一体どうして、私だけがこんな目に遭わなきゃならないんだろう……」

そんな言葉を、これまでに何度つぶやいたことか！

被災地で暮らすことと、がんを抱えながら生きることは、とても似ている部分がある――被災地を実際に訪れたことで、それを痛感したのです。

13

生きていい理由

想いがあふれる手紙

話はさかのぼりますが、国立がんセンター中央病院での放射線治療が終わって経過観察が始まり1年半が過ぎた頃、当時の仕事仲間だったベビーシッターの橋本さんに、末期の肺がんが見つかりました。彼女は他のベビーシッターの中でも一番活躍している人でした。

当時はまだ職場の人には誰にも、私のがんの話はしていなかったのですが、彼女の話を聞くと、いても立ってもいられなくなり、私は手紙を書きました。

「私もがんになったんです。子宮頸がんです。でも、今こうして生きているから、きっと橋本さんも大丈夫！」

悲しみの中にいた彼女は、私の手紙を受け取り、とても喜んでくれました。それから何度か手紙をやり取りしました。

ところがあるとき、彼女の手紙にはこう書いてあったのです。

脳に転移をしました。だから、手がしびれて字が書けなくなる前に阿南さんに手紙を書きます。

がんがわかってからわずか３か月で、彼女は亡くなりました。

私、生きていてもいいの？

橋本さんの訃報を受けた私は、あまりのショックで泣きながらも大急ぎでお葬式に向かいました。彼女がこれまでに提出したベビーシッターのレポートをすべてコピーし、ご家族に渡し、彼女とやり取りをした手紙をすべて見せました。

「ありがとうございます……」

ご家族は、何度も頭を下げておられました。

その晩からしばらく――私は悲しみや悔しさとともに、「恐怖」に襲われました。

〈あんなに活躍して元気だったのに……部位こそ違うけど、同じ「がん」という病気で一瞬にして亡くなってしまった……〉

〈私もまだ経過観察中――本当に数か月後に生きているかどうかはわからないんだ……〉

そう思うと同時に、なにも力になれなかった悔しさがあふれ出したのです。

どんなに神様に祈っても、どんなに自分が代わってあげたくても――結局、その人のいのちを救うことはできない……それを痛感しながら、悩み続けました。

年齢も若く、優れた技術も知識も社会的な地位もなにも持っていない。体力も心の強さもない。将来子どもを産むこともできなくなってしまった私が生き残り、あれほど必要とされ、家族もいた彼女が亡くなってしまった……。

〈どうして、私が生きているんだろう?〉

〈どうして、私が代わりに死ねなかったんだろう?〉

罪悪感が生まれました。がんになってから、自分が生きることにあれほど執着していたくせに……彼女の死に直面すると今度は、「自分が生きていていいんだろうか」という気持ちに変わっていったのです。

「私が生きていい理由」――今度はそれを作りたくて、もがきました。

新たな決意

〈自分のようなつらい思いを、他の女性たちにしてほしくない！〉

半年ほど悩んだ末――私の中に浮かんだ思いはこれでした。

そして、おぼろげにではありますが、一つの決意をしました。

〈子宮頸がんは予防できる。それなら、もっと伝えなくては〉

「自分の体験談を話そう。私の話を聞いて、きちんと予防をする人が増えれば、子宮頸がんになる人を少しでも減らせるかもしれない！」

答えが、出たのです。

講演活動をしたい――すぐに原稿を書き始めました。

しかし、その後もしばらく講演を始めることはできませんでした。放射線治療からまだ2年、経過観察が終わらないうちは、どう訴えても、原稿がこんな結末になってしまうからです。

「私は来年生きているかわかりません。でも、みなさんには幸せな人生を送ってほしいので、どうかがんを予防してください」

こんな中途半端な状態のまま、人前に立つべきではないと感じていたのです。

「子宮の日」

２０１０年4月9日——

今後の人生を大きく変えるきっかけとなる、忘れられない日です。この日は5年間の経過観察の最後の日でした。それまではいつも朝9時半頃に病院の予約をしていたのですが、なぜか午前中の予約がいっぱいでした。

午後に予約を入れ、午前中は時間があったので、なんの気なしにテレビをつけました。ちょうど、朝のニュースが始まったところでした。

「今日は4月9日。子宮の日です」

ニュースは、子宮頸がんの話題に移りました。都内のある区が実施する子宮頸がん予防の取り組みを紹介する内容でした。

〈やるしかない！〉

私は決意しました。

先生に『経過観察が無事終了』と言われたら——講演活動を始めよう！

胸の高まりを隠し、国立がんセンター中央病院の診察室へと足を運びました。

「阿南さん、どうぞ」

診察室から呼ばれました。

先生がこちらを向き、いざ、運命の瞬間です。

「よろしくお願いします」

いつもポーカーフェイスの先生からは、どんな言葉でも出てきそうで、想像ができませんでした。

すると——

「もう来なくて、いいですよ」

長かった！　本当に長い日々だった！

いろいろな感情があふれ出し、身体のすみずみからこぼれおちるようでした。

〈もう、検査に行かなくていい——〝完治〟なんだ！〉

そんな思いで病院を出て、ふと見上げた空は、どこまでも透き通るようで、青々と広がっていました。木々の緑も驚くほど鮮やかで、これまで見えていた風景とは、まったく別の色をしているように感じました。

——私、乗り越えたんだ！

講演活動のきっかけ

病院を出て、毎回の検査後と同じように、大阪の両親にメールをしました。

〈問題なかったよ！〉

検査の内容などをいつも通りに報告し——最後に言葉を添えました。

〈5年間支えてくれて、本当にありがとう〉

つらく、過酷だった5年間。それは家族にとっても同じでした。親戚や、周りの人にも私の病気のことを明かさずに過ごしていた両親にとって、この5年間は不安と孤独との闘い。本当に耐え続けていたことと思います。

そんな母から、まもなく電話がありました。

「よかったなあ！　ほんまによかったわ！」

あふれる安堵と一緒に、母は〝本音〟をもらしました。

「お母さんたちも、5年間しんどかったわ」

自宅に帰り、すぐにパソコンに向かいました。ニュースで見た区のホームページを検索。トップページのボタンをクリックしたのです。

「区長への手紙」

メール画面が立ち上がると、私は夢中で綴り始めました。

23歳で子宮頸がんになったこと、その後もたいへんな思いをしたこと、そしてそんな思いを他の女性にはしてほしくないこと、自分の体験談が子宮頸がんの啓発に役立たないだろうか、ということ――実に長いメールになりました。

すると、3日後――保健所の課長さんから電話がかかってきました。

「来月、区内の中学校の養護教諭向けにワクチンの説明会を開催します。その時、ぜひ体験談をお話しいただきたいのです」

「はい！　ありがとうございます！」

二つ返事で、私は喜んで引き受けました。

しかし、両親は、大反対。

がん治療からやっと解放されたのに、わざわざ世の中に公表するなんて……そんな気持ちだったのだと思います。

でも私は、必死で食い下がりました。

「母さん。やってみたいねん。今度こそ人の役に立てるかもしれない……」

不安はたしかにありました。

〈公表することで世間から、「かわいそうな女の子」というレッテルを貼られてしまうのは絶対にいや〉

私にもそんな思いがありました。しかし――

一度決めたら、突っ走る。

それが、私の人生なのです。

14

人生の転機

人と人とのつながりで……

原稿を書き始めると、これまでの思いが一気にあふれ出しました。

〈本当に、いろいろなことがあった……〉

今までのさまざまな出来事が思い起こされるとともに、父や母、周りの人たちへの愛情や感謝の気持ちがわいてきて、書きながら何度も何度も涙がこぼれてきました。

〈でも、いざ多くの人の前で話をするとなると、泣いてばかりもいられない！〉

私は何度も何度も書き直しては、読む練習を重ねました。

そして、本番――

練習の甲斐あって、はじめての講演は無事に終えることができました。集まった20人ほどの養護教諭たちは、私の話を真剣に聞いてくれました。

講演が終わると、保健所の課長が私のところにやってきました。

「先ほどのお話の中で、がんが見つかった経緯を話されてましたけど……最初に行ったクリニックって、なんていう名前ですか？」

私は不思議に思いながら、銀座のクリニックの名前を告げると――

「やっぱり！」

部長は驚くように、大きな声で叫んだのです。

「そのクリニックの対馬院長とぼくとは、実は同級生なんですよ！　ちょうど数週間後に、子宮頸がんのセミナーで対馬院長に登壇していただくことが決まっているんです」

そして彼は、言ったのでした。

「阿南さん、よかったらそのセミナーに一緒に出られませんか？」

とても不思議な縁でした。

そうして、私の次の講演がその日のうちに決まったのです。

母の気持ちは母にしかわからない

二度目の講演の会場は、大きなホールでした。

今回は中学生の子どもを持つお母さんたちが来ると聞き、また原稿を一から書き直しました。子宮頸がん予防の重要性をもっと強く伝えたいと思ったのです。

講演の３日前、急遽、母にあるお願いをしてみました。

「ねえ、母さん。今度、子どもを持つお母さんたちに向けて講演をするんやけど……母さんからメッセージを書いてくれへんかな？」

電話口の母は、とたんに不機嫌になり、

「そんなん、できるわけないやろ！」

なぜか、ひどく怒って聞いてくれませんでした。

仕方なく、私は母の代わりに、母の気持ちになって書いてみました。そしてそれをメールで送りつけたのです。

「こんな内容で書いてみたけど、母さんの言いたいことに違いない？」

強引なやり方だとはわかっていましたが、私はどうしても同じ母親としての立場の声を多くの人に届けたかったのです。

ところが翌日になっても、母からはまったく返事がありませんでした。

〈よっぽど怒らせちゃったんだなあ……〉

そう思いながら、自分で書いた「母からのメッセージ」を講演で読もうか、どうしようかと悩んでいました。

すると――夜になって、母から電話がかかってきたのです。

「あんたなぁ、母親の気持ちって、そんなに簡単なもんじゃないで！」

怒りながらも、こう続けました。

「会社の人に頼んでパソコンで打ってもらったから。だけどお母さんは、今後は一切協力せーへんからね！」

〈そんなふうに言わなくてもいいのに……〉

苛立ちながらも、メールを開封――本物の「母からの手紙」に書かれていたのは、私がはじめて知ることばかりでした。

本当の「母からの手紙」

私は長男と長女の二人の子供の母親です。長男が小学校四年生の時、娘が生まれました。

家庭の事情で、娘がまだ小さな頃から私は仕事をしていたので、いつも忙しい毎日でした。そんな頃、娘はとても寂しかったのでしょう。だんだんと人に頼らない強い娘(ひと)に育っていきました。

娘が就職して上京し一年半が過ぎた頃、体調が悪いと聞き大変心配になり、病院に行くように言いました。その結果が、がんというこわい病気でした。私が一緒に住んでいたら、きっともっと早く病院に行かせたのにと悔やみました。残念でなりませんでした。

色々な苦労の後、手術は成功したのですが、二十三才という若い娘の子宮の全摘出は命に変えられないほどの大きな出来事でした。手術したことが後に、こんなに悲しく辛い人生を背負う事になるとは想像できませんでした。

抗がん剤治療は娘の気力さえむしばみ、食欲もなくなり、微熱が続き、そのうち長く綺麗な黒髪は抜けてまばらになっていきました。

退院後、娘は思い切って一人で美容院へ行き、丸坊主にしてきました。仕事から帰った私は驚きましたが、必死に涙をこらえて「綺麗な頭の形してるね」と言って強がって見せました。その夜は、一人で坊主にしてきた娘の事を想うと、可哀想で涙が止まりませんでした。なんでこんな時まで私を頼ってくれないのかと声にならない声で泣きました。

それでも何かしてあげたくて、娘と同じくらいの年齢の事務員さんにお願いして、一緒にかつらを買いについて来てもらいました。娘は初め、あまり喜びませんでしたが、それでも仕方なく外出する時にはつけていました。

こんなことは小さな日常の出来事で、実際にはもっともっとお話しできない程つらい事もありました。

がんになると、かなり大きなお金が必要となります。また、精神的な負担はそれ以上です。代わってやりたい思いと、代わってやれない現実が毎日私を追い詰めました。

両親と。この約半年後に、経過観察が終了し、講演活動を始めました。

きちんと予防をしていれば、私の娘も子宮を失うこともなく、結婚し、赤ちゃんを産み、優しいお母さんになれたかもしれません。

がんの転移を危惧しましたが、私は娘と一緒に卵巣は残そうと決断しましたので、体外受精で代理出産が認められる時代が日本にくれば、娘もいつかお母さんになれるかもしれないという夢を描いています。その前に、理解ある素敵な彼氏が現れるのを期待しなければいけませんが。

実は私は、娘が病気の事を世間に公表することがとても嫌でした。しかし、子宮頸がんの予防活動をどうしてもしたいという娘の熱意に心動かされ、私も何か応援できればと思い、同じ女の子をもつ親御さんへの思いをこうして書かせて頂きました。

今は娘の長い経過観察も無事終わり、元気な娘の姿を見て一番喜んでいるのは主人かもしれません。二人で娘の事で苦しみ、夫婦の心が重なり、愛する娘の為にとても仲の良い戦友になりました。

皆様どうぞ娘の里恵の活動を理解してやってください。子宮頸がんになった娘をもつ母親として、心からお願い申し上げます。あなたの娘さんを守ってあげてください。

母　阿南洋子

15

「いのち」を語りながら見つけたもの

講演で感じた手ごたえ

〈私の話や母からの手紙は、世間からはどんな風に見られるのだろう……〉

猛練習をした甲斐もあり、講演は無事に終了したものの、来場者の反応に不安がなかったわけではありません。

「どなたか質問がありますか？」

講演後の質疑応答の時間――

意外にも、多くの手が挙がりました。会場に集まっていたのは、中学生の子を持つ親の他、学校の先生や一般の方々、若い学生もいました。多くは、登壇された医師への医学的な質問とともに、私への温かいメッセージでした。

そのなかで、最も印象深かったのは21歳の女性でした。

「今日はたまたま近くで学校の研修があったので、友達と一緒に軽い気持ちで参加しました。でも、自分と年齢の近い阿南さんの体験談を聞いて、涙が止まらなくなってしまいました」

もし自分が今、子宮頸がんになったらどうなるか——そのことを彼女は、私の講演から容易に想像できたと述べてくれました。

「だからこそ、私たちもきちんと若いうちから子宮頸がんを予防しなくてはならないんだと、心から思いました」

大きなホールで手を挙げるだけでも勇気がいるのに——彼女は泣きながら、感想を述べてくれたのです。

私はとても感動しました。他にも講演後に私のもとに駆け寄ってくれた方がたくさんいました。きちんと話せば、がんの当事者や関係者ではない人にもちゃんと思いが届く——このとき、たしかな手ごたえを感じました。

〈私の子宮頸がんの体験談は、これからもがん予防の啓発活動に役立てられるかもしれない……〉

出会いが運んできた出会い

この講演では、もう一つ嬉しいことがありました。銀座のクリニックの対馬ルリ子院長との、5年ぶりの再会です。

「阿南さんの体験談を聞いて、あの時の女性だとはっきりと思い出せました」

院長はそう言って、にっこりほほえみました。

最初にがんを見つけてくださった院長に、がんが無事に治ったこと、経過観察中に起こったさまざまな体験を知っていただくことができるなんて、本当に幸せなことでした。

当時、診察の時に私が言った言葉――

「先生。私、大丈夫です！　なにがあっても受け止めるので、言ってください」

そのことを、ずっと覚えていてくれたのです。

「無事に経過観察を終えられて、講演活動まで始められて……本当によかったですね！」

対馬院長は心から喜んでくれました。そして、子宮頸がんの啓発活動をしている関連団体や企業に、私のことを紹介してくれました。対馬院長が、婦人科医として社会的に重要な活動をされている方だと知るのは、後になってのことでした。

おかげで、以降2～3か月に一度のペースで講演の依頼が舞い込んでくるようになりました。

〈今、私が生きていること。そして今、私がしていることが、一人でも多くの人のいのちを救うことができたら……それが私の生きていい理由〉

そんな気持ちでひたすらに、原稿を練り直していきました。

講演活動を続けていくと、そこで毎回出会いが生まれ、人とのつながりも一気に増えていきました。

こうして、1年ほど経った頃――はじめての依頼が入ったのです。

「中学校の授業で、お話をしていただけませんか?」

新たな挑戦でした。

等身大の自分を伝える

「中学校ですか？」

「はい。ぜひ阿南さんの体験談を、子どもたちにも聞いてほしいと思います」

〈昔から、身体が弱かったわけでもない。なにか特別なことをしていたわけでもない。そんな私ががんになったということを、伝えよう〉

「ぜひ、やらせてください！」

当日――授業のテーマは、「中学生は余命宣告を受ける権利があるか」。

非常に難しく感じられるテーマでした。

ジャーナリストの田原総一朗さんや、がんの情報発信をしているＮＰＯの方と私がゲストスピーカーでした。

田原さんは、最初の奥様を乳がんで亡くされ、その後、２人目の奥様も乳がんで亡くされました。田原さんのお話の後、中学生たちは「自分がもしがんになったら余命を知りたいか？」をテーマに議論しました。

「ぼくは、受け入れられないと思うから聞きたくないです」

「私は、残りの人生の過ごし方を考えたいから、聞きたいです」

議論では、いろいろな意見が出ました。

そして、話し合いの途中で私の体験談をお話ししました。

がんになる前のこと、がんになってからのこと——これまでのさまざまな出会いを語り尽くしました。

たとえば入院中、偶然隣のベッドに入院した人が、「代わってあげたい」と涙を流してくれたこと。他人なのに、まだ出会って2日しか経っていないのに——

あのときの出来事は、衝撃的でした。

「つらくない、私は全然大丈夫」と人前でいつも強がっていた私を、その人の涙が温かく包み込んでくれたこと。

〈人はこれほどまでに他人のことを思えるのか〉

そう驚いたこと。本当につらくてつらくてたまらない時、救ってくれるのはお金や物ではない。「人」なんだ——と気づいたこと。

そして中学生たちに、こう伝えました。

「人生には決して一人では乗り越えられないことが起こります。そのときは周りにSOSを出すこと。その人が明確な答えを持っていなくても、一緒に悩んで苦しんでくれているうちに、気づいたらまた元気になっている。みんなにはちゃんと支えてくれる人がいるから。安心して甘えていいんです！」

「生きがい」を見出した瞬間

私の体験談を受けて――

「やっぱり前もって聞いておきたい……」

「私も、阿南さんみたいに……」

次第に、全員の気持ちが、「聞きたい」に変わっていきました。

「家族に支えてもらいながら、私たちもどんなことにもきちんと向き合っていきたい」

そんな学生たちの心の変化を目の当たりにするうち、私自身、気づき始めたのでした。

母校、大阪聖母女学院での「いのちの授業」

「私がやりたかったのはこれです！」

授業後——私は関係者の方々にそう伝えました。

〈がんになったからこそ気づけた大切なことを、もっともっと若い人たちに伝えていきたい！〉

その後、母校である大阪聖母女学院の協力を得て、関西地方の学校で凱旋講演をおこないました。

それをきっかけに、がんの体験談を元にした「いのちの授業」がどんどん広がっていったのです。

がんは終わっていない

講演活動は順調に増えていきました。

でも、講演の仕事だけで生活をしていくことは到底無理でした。私が講演料を設定しなかったからです。時には講演料がない場合でも、引き受けてきました。なぜなら――それが私にとって唯一の「生きていい理由」だったからです。

「なんとか生活していかなきゃ……」

講演活動の傍ら、掛け持ちのアルバイト――けれども一向に、生活は楽にはなりませんでした。同級生の多くは、きちんと就職をし、経験を積んで成長し、良い人に出会って結婚、出産して母親になるという順調な人生を歩んでいました。

「結婚ラッシュだなあ……」

28歳の頃にそれは訪れ、30歳になると出産ラッシュがやってきました。同窓会に行くたびに赤ちゃんを抱いている友達の割合が、どんどん増えていきました。

「阿南さんが一番先に結婚すると思ってたよ」

みんなに不思議がられました。私自身、昔からずっと結婚願望は強く、今でもこのまま仕事だけで人生を終えたくないと考えています。でも、年齢を重ねるごとに出産できないことが足かせになっていったのは事実でした。

「若い頃みたいに、好きだから交際するっていうのは、なくなったなあ……」

がんになったことで、仕事や恋愛への意識は大きく変わりました。

「長く働くには、この仕事はどうだろうか？」「相手のご両親はどんな方だろうか？」――そんなことを先にあれこれ考えてしまうのです。

〈私は、子どもが産めない……〉

そのことを、何年も何年もかかって受け入れていきました。

実際、同級生が結婚して出産したというニュースを聞くたび、心の中で寂しく悲しい思いをしてきました。それは両親も同じでした。

そんな思いを結婚相手やそのご両親にもさせてしまうんだ。そう思うと、結婚どころか交際にさえ積極的になれないのです。

がんは治療して、終わりではない――

健康な人たちは、不思議に思うかもしれません。でもがんとの闘い＝治療ではないのです。後遺症や、長期にわたる治療があると、仕事にも影響を及ぼすし、仕事に影響すれば、自然と生活が苦しくなるのです。

さらに女性の場合、私のように若くして子宮を失ってしまうと、恋愛、結婚、出産にまで大きな影響を与え、それが長期にわたって続くことになります。

〈がんによって失うものは、計り知れない。だからこそ予防しなければならない〉

これは私の、揺るぎない思いです。
ただ一方で、さまざまな体験を生きてきたなかで芽生えた、たしかな思いもあります。
〈がんになったからこそ、得たこともある！〉
それもまた、かけがえのない財産なのです。

16

がんだった自分が認められる喜び

経験が運んできたチャンス

がんになって人生は大きく変わり、20代は本当に厳しい時期を過ごしました。

しかし、つらい経験をしたからこそ気づけたこと、得られた経験もたくさんあり、それらが今となっては、私の人生において大切な財産となっています。

「阿南さん、私たちと一緒に仕事をしませんか?」

2012年4月、横浜でおこなわれていた「リレー・フォー・ライフ」というイベントで、この活動を主催していた公益財団法人「日本対がん協会」が声をかけてくれました。

このイベントでは、がん患者さんとその家族、友人、医療従事者らが24時間、一緒に過ごし活動します。私はボランティアスタッフとして参加していました。がん検診の推進、がんの啓発、がん患者支援活動などをおこなう「日本対がん協会」からの誘い——

会社は開店休業状態、アルバイトをしながら生活していた私には、たいへんありがたい話でした。

「ありがとうございます！」

悩みながらも、入職することになりました。

そして、新しい展開が……

〈久しぶりに、組織で働くのか……〉

いざ入職が決まると、最初はあまり自信が持てませんでした。

「今度は最低でも5年は勤めなさいよ」

母や父からは、そう言われていました。

協会に入ってしばらくは、「リレー・フォー・ライフ」の開催に全力を尽くしました。１９８０年代にアメリカで発祥し、世界20か国でおこなわれ、年間４００万人以上が参加するイベントです。日本でも全国40か所以上で開催されています。私の仕事は、開催までの会場準備やボランティア募集などでした。

イベントが終わると、今度は講演活動や、学校でがんの授業の実施、障がい者に向けたがんの情報提供などに取り組みました。

〈ここなら、今までの私の経験を、十分に活かすことができるかもしれない！〉

だんだんと自信が持てるようになりました。

実際に、これまで他の団体や企業の方たちと実施してきたことが、さまざまなところで役に立ちました。また、個人の講演活動を続けることも協会には了解してもらっていたので、そうした点でもこれまでの活動をあきらめたりなにかを犠牲にする必要もなく働くことができたのです。

新しい職場で働き始めて1年になろうとしていた頃――また新しい展開が生まれました。

これまで私がおこなってきた、「いのちの授業」の実績が認められ、厚生労働省がん対策推進協議会の委員に任命されたのです。

「おめでとう。これからもますます、がんばってくださいね」

職場の上司も、家族も、みんなが大喜び。そして、もちろん私も――

〈自分がこれまでやってきたことは、決して間違っていなかったんだ……〉

「がん教育」の目的と大切さ

国のがん対策推進協議会。

ここでは、「がんをどのように予防すべきか?」「がんになった時、どのような治療を受ければよいか?」「治療をしながら社会生活を送っていくためにどのような仕組み作りをすればよいか?」――といった事柄を話し合っています。

メンバーは20人で、ほとんどが医師。そのなかで5人だけ、「患者委員」という、がん体験者の枠があります。通常は、患者支援活動をしてこられた「患者会の代表」の方が選ばれることが多いのですが、私はこれまでに一度も、患者会に入ったことはありません。そのため、委員になることはそれは大きなプレッシャーでした。

〈でも私は私なりに、これまでにいくつもの学校で「いのちの授業」を実施してきた……その事実は変わらないのだから……〉

そんな思いを胸に協議会の会議に臨み、「がん教育」がテーマの時は、いつも勇気を出して発言してきました。

「がん教育」とは、子どものうちからがんについて学んで、増え続けているがんの死亡者数を減らすことと、がん患者への理解を促そうという目的で進められています。

「いのちの授業」では、毎回、最初にがんの基礎知識を説明し、その後に体験談を話してきました。基礎知識だけ伝えても、そのときしか子どもたちの記憶には残りません。しかし、体験談を聞くことによって、いのちのはかなさや大切さ、家族の絆、周囲の支えなど、子どもたちはさまざまなことに気づくのです。

「自分ががんにならないためには、今なにをするべきなのか？」

「家族のいのちをがんから守るために、なにができるだろうか？」

「今、がんと闘っている人たちに、自分ができることはあるだろうか？」

がん体験者に共感することで、こうした気持ちが生まれてくるのです。

17

「企業とがん」で社会を変える

がん患者を取り巻く2つの問題

がん予防に関する知識や、がん患者への理解が必要なのは子どもたちばかりではありません。社会で働く、私たち大人も同様です。

私はがんになったことで、2つの問題にぶつかりました。

一つは、「自分の考え方や行動を変えれば解決する」問題。

もう一つは、「どれだけ自分ががんばっても解決しがたい」問題です。

がんをとりまく問題には、この両方があるのではないでしょうか。

がん対策推進協議会の委員に就任した1年4か月後、新たに、ある国家プロジェクトのメンバーに選ばれました。

「がん対策推進企業アクション」

このプロジェクトではおもに、働く人々がそれぞれの会社で「がん検診」を受診しやすくなるよう工夫したり、がんになっても働き続けることのできる環境づくりなどに取り組んでいます。

現在、１４００社以上（２０１４年12月時点）もの企業がこのプロジェクトに参加しています。

これまでは大企業が先陣を切って取り組んできました。新たにメンバーとなった私は今後、中小企業の参加を増やすことに尽力していきたいと考えています。

社員一人は大きな存在

私がなぜ、中小企業への働きかけをしていきたいか？　それは、次の理由からです。

中小企業は社員数が少ないことから、社員一人ひとりに課せられた責任が重く、より大きな役目が与えられることも少なくありません。そのため、社員が一人でも欠けると、欠員のダメージは大企業よりも大きく、その結果、会社全体に与える影響が大きくなってしまうからです。

もし社員ががんになっても、早期発見、早期治療ができれば、会社に与える影響も、健保組合の医療費の負担も少なくてすみます。そしてなにより、本人の治療による身体への影響や、医療費の経済的な負担などが少なくなり、よいことばかりなのです。

先にご紹介した、肺がんによってわずか3か月で亡くなってしまったベビーシッターの橋本さん。

「頭が痛い」と言ってある日病院に行くと、末期の肺がんが見つかり、仕事も突然休まなくてはならなくなりました。

橋本さんからの手紙には、いつも「シッティング（世話を）していた子どもに会いたい」といった言葉が、切なる思いとともに綴られていました。

ご本人にとっても突然だったので、それはそれは大きなショックだったと思います。

それだけでなく、橋本さんほどお客様からの信頼が厚いベビーシッターさんは他にいなかったので、代わりのシッターさんを手配するのもたいへんでしたし、なによりも橋本さんを信頼していたお客様が本当に悲しんでいました。

私自身の経験を振り返ってみても、がんとわかってから突然休職することになり、結局職場復帰することなく退職してしまいました。その間、会社は「阿南は戻ってくるだろう」と考えていたので、他の人を雇うこともできず、その分の仕事の負担が他の社員さんにかかっていたと思います。

こうした苦い経験があるからこそ、私は一つでも多くの企業に、取り組んでほしいと考えています。

兄が営む印刷会社も、動き始めました。私ががんになったことを機に、女性社員は勤務時間中にがん検診を受けに行くことができるようにしたそうです。またその費用も、半分会社が負担します。

これは当時社長だった母が、私のがんを通じて、いかに治療やその後の生活がたいへんかを知ったからこその対策です。社員が少ない会社ほど、早期発見、早期治療のためにがんの啓発に取り組んでほしいと思います。

がん宣告後も働ける社会を

ただその一方で、「がんになる人をゼロにすることはできない」という現実も、しっかりと受け止め、考えていかなければなりません。

厚生労働省は現在、胃・肺・大腸・乳房・子宮頸部の5つのがん検診を勧めています。

しかし、その5つの部位以外のがんになる人も大勢いますし、残念ながら検診を受けていても見つからない人もいます。自覚症状が出てから見つかると、すでに進行している場合があります。そうすると長期間、入院したり、通院しながら治療したり、治療による副作用や後遺症の影響で体調が悪くなったりと、これまで通りの勤務や生活が難しくなることがあります。

今まではがんを宣告された人に対し、企業は退職を促したり、解雇する場合も多かったそうです。ところが最近は、がんを宣告されたからといって、容易に退職できない人も数多くいます。さまざまな社会的背景から、生活のために仕事を続けなくてはならない人や、キャリアアップのために働き続けたいと思っている人は大勢います。

そうした人たちが仕事を続けられるよう、国や行政も対策を練り始めています。いつ誰ががんになってもおかしくないほど日本ではがんが増えているわけですから、企業もせっかくお金と時間を費やして育ててきた人材を簡単に手放してしまわずに、その人が可能な範囲で働き続けてもらうべきではないでしょうか。

さらには、学生の頃や社会人になってすぐにがんになってしまった人でも、差別されることなく就職や就労が続けられる社会になればいいなと願っています。

23歳でがんになって、その後仕事にたいへん苦労しました。原因の一つは、「社会のがん患者に対する理解不足」であるとは思うものの、もう一つの大きな原因は、「自分自身」にあったと考えています。

仕事に役立つ資格やスキル、専門知識やそれまでの実績が乏しいうえに、後遺症で仕事に支障が出てしまうことで、自分自身が弱気になってしまいました。

「私はこの会社のお荷物だ」そう感じてしまったら、ちょっとした出来事で自信をなくし、退職してしまうという弱さがありました。

そんな当時を振り返ってみて、自分が自信を持って採用試験を受けたり、働き続けるためには資格を取るべきだったと思います。行動を起こすのに少し時間がかかってしまいましたが、私はこれから資格を取ろうとインテリアコーディネーターの勉強を始めたところです。もう二度とがんになった後の20代のようなたいへんな生活はしないと心に決めて歩んでいます。

リスクを恐れず歩める世の中に

「がん対策推進企業アクション」に携わるようになり、さまざまな中小企業の経営者の方々にお会いする機会を得るようになりました。

若手経営者の方々と話していると、がんになる直前に勤めていた不動産会社の杉本社長や、保育施設を経営する女性社長の姿を思い出します。

多くの人は「今の日本は不景気だから」と言い訳をしたり、できるだけ無難に過ごそうとしますが、若手経営者の多くは不景気なんてまったく口にしません。だって、不景気であれ、莫大な利益を生んでいる会社はいくらでもあるのですから。

市場を日本だけにこだわる必要もまったくありません。

とにかくより多くの人が「ほしい」と思う商品やサービス、「嬉しい」「楽しい」という新たな感動を生み出すため、リスクを恐れ過ぎず突き進んでいくからこそ、大きな成功や人望が得られるのではないでしょうか。

私もそんな意識で、日本の中小企業にどんどん入り込み、がん検診受診率を上げるとともに、がん患者が働きやすい社会を実現していきたいと思っています。

18

10年前の決断がくれた可能性

妊娠、出産の可能性を残す

がんの手術を受ける前、大阪府立成人病センターの主治医だった森重健一郎先生から一つの選択肢をもらいました。それは、「卵巣を残すかどうか？」ということでした。

卵巣を残す――そんな選択肢があることなど、考えてもいませんでした。

私の子宮頸がんはかなり進行していたため、本来なら子宮の近くにある卵巣も、一緒に摘出するのが一般的な手術法です。しかし私の場合、年齢が若いということもあり、森重先生がこう言ってくれたのです。

「卵巣を残すか残さないか、家族でよく相談して決めてください」

卵巣を摘出してしまうと、その後、さまざまな影響が出ます。たとえば、若くても更年期障害の症状が出たり、成人病のリスクも高くなります。なによりも、卵巣の機能を失うということは――自分の子を育てる可能性がゼロになるのです。

私は両親と相談し、こう決断しました。

「がんのリスクは残るけれど……イチかバチか、私は卵巣を残したい！」

卵巣を残すということは、ただ切除しないというだけではありません。手術の後の放射線治療で、放射線が当たってしまうと、卵巣の機能が失われてしまう可能性が高くなります。そのため、放射線が当たらない位置に卵巣を移動させなければなりません。

6時間に及んだ手術では、卵巣を残して子宮だけ摘出し、卵巣を別の位置に移動するという処置もおこなわれました。

主治医だった森重先生は、たまたま、「卵巣の機能を温存する」ための治療に意識の高い医師だったのです。

若い女性患者だからこそ

大手術から9年――講演活動からつながったご縁で、森重先生に再会することができました。

森重先生は、現在、岐阜大学医学部附属病院で活躍されています。聞けば、小児や若いがん患者の妊娠、出産する能力を温存するネットワークを岐阜県内で立ち上げたといいます。

「に……にん、よう、せい？」

妊娠・出産ができる能力を妊よう（孕）性といいます。若い人や子どもにがんが見つかった場合、がんの種類や病状が「ある一定の条件」をクリアしていれば、いったん治療前に卵巣や精巣の組織を採り出し、凍結することができます。

そしてがんの治療後、取り出しておいた組織を体内に戻すことで、将来に妊娠・出産の可能性を残すことができるのです。こうした妊よう性の温存を一つの病院だけでなく、岐阜県内の連携する病院に訪れた若い患者さんに伝えられるようにと、森重先生は生殖医療の専門医である古井辰郎先生らとともにネットワークを作ったのです。

「がんであっても子を授かる可能性を少しでも残せるよう、今後さらに内容を充実させていきたいと思っているんです」

この再会ではじめて森重先生の活動を知り、直感しました——若い患者さんにそのことを伝えなくては！

「先生！　妊よう性温存のことを、もっと教えてください!!」

私が強い関心を示すと、森重先生はシンポジウムなどにも誘ってくれました。

そこでは、「がん患者の妊娠、出産能力をいかに温存するか」ということについて、全国から集まった医師たちが真剣に話し合っていました。

さらには、残念ながら妊娠、出産能力を残すことができなかった患者に対し、どのような説明や声かけをすればよいか——ということにも、議論が及んでいました。

〈若い患者のことをこんなに真剣に考えてくれている医師たちが、たくさんいるんだ……〉

私は、胸がいっぱいになりました。

たとえ、がんの治療が終わっていのちが救われたとしても、妊娠、出産能力を失ってしまったことで、生きる希望を見出せない女性患者がたくさんいます。またその恐怖から、治療への決心がつかない患者もいます。そうした現状も、この研究会ではとても深く理解し、その問題に「医師としてどう向き合うか」を一生懸命に考えてくれていました。

〈私もがん患者の一人として、先生たちの活動に少しでも役立ちたい……〉

森重先生との久々の再会で、こう思うようになったのです。

苦しみの声を救うために

〈どうすれば、森重先生たちの活動や妊よう性に関する情報を、より広く若い人たちに発信できるだろう……〉

患者自身が妊よう性についての情報を知らない限り、「生殖機能を残す」ことを選択するのは難しくなります。手術を担当する医師の意識や考え方で、治療が決まってくるからです。そして治療法の違いによって、患者のその後の人生は大きく変わります。

乳がんや白血病など、生殖器以外の部位のがんでも、「抗がん剤や放射線治療をすることによって妊よう性に影響が出る」という事実を、一般の私たちは、到底知る由もありません。

全がん患者における、若年齢層の患者の割合はそれほど多くはありません。がん患者の多くは、すでに仕事に就いていたり、家庭があったり、多少の貯蓄もあるような年齢の人々です。

「若いがん患者」が他の年齢に比べて数が少ないため、就職や結婚、出産などで出合う苦しみの声は表に出にくいのです。特に、若い患者の生殖機能の問題に、本格的に取り組もうとする医師や政治家は、まだまだ少ないのが現実です。

森重先生らの活動に関わり、勉強を進めるにつれ、私は今まで気づかなかった女性の身体のさまざまな仕組みについても、知ることになりました。

はじめて知った私の〝数値〟

たとえば、女性の卵子の数は、生まれた時にすでに決まっていて、生まれた後に体内で卵子を作ることはできません。

卵巣は老化していくため、30代半ばになると大幅に妊娠する確率が下がります。また、生理があっても排卵されていない可能性もあります。閉経した後は、メタボリックシンドロームや骨粗しょう症のリスクが高くなるため、ホルモン補充や予防対策が必要となります。こうした知識を学んでいくうちに、ふとした疑問がわいてきました。

〈私の今の身体の状態は、どうなっているのだろう?〉

私は森重先生に相談をして、神奈川県にある聖マリアンナ医科大学病院の鈴木直先生のところで検査を受けることにしました。鈴木先生は、がん・生殖医療の分野では国内でとても有名な医師です。

鈴木先生によると、「卵巣は、残っていてもなにかの影響でうまく機能せずに閉経している場合があり、そうするとホルモンを補充したり成人病の予防対策をしなくてはならない」ということでした。

私はそうしたことをがん治療中にはまったく聞いたことがなかったので、すぐに先生に検査をお願いしました。

その結果――私の卵巣そのものは機能していたのですが、卵子の数の目安となる「ホルモンの数値」が一般の同年代よりも明らかに低く、40歳代くらいの数値であるということがわかったのです。

「とりあえず現時点では閉経はしていませんが……おそらく普通の人よりも早く、閉経するかもしれませんね」

ショックと驚きとともに――新たな関心が生まれました。

19

卵子凍結に向けた道のり

卵子凍結に向けての動き

〈卵子を採り出し、凍結保存しておきたい〉

卵子を凍結した場合――その後、出産の可能性はあるのか？

私の場合は卵子を凍結しても、子宮がなければ自分で出産することができないため、その場合、必ず代理出産が必要になってきます。

現在日本では、代理出産が認められていません。産婦人科学会で倫理的な観点などから議論されていますが、まだ解決されていないからです。そのため、代理出産を望む場合、多くの人が海外で代理母を見つけ、出産してもらっています。

私にとって、「海外で代理出産をおこなう」という選択肢は、最初からありませんでした。経済的な問題や、将来結婚する相手の理解、法律的な問題など、超えるべきハードルがあまりにも高いと感じていたからです。

しかし自民党のプロジェクトチームで、「病気で子宮を失った女性や、もともと子宮を持って生まれてこなかった女性に限り国内の代理出産を容認しよう」という検討が進んでいる――そのニュースを知った私は、代理出産というものが一気に身近に感じられるようになりました。

日本で前例のないケース

今後、「国内の代理出産の限定容認」の法案が国会に提出され、その結果法案が成立すれば、国内での代理出産が可能になります。

私は、この法案が成立した時に備えて、検査や準備を整えておくことにしました。卵子凍結の通常の方法は「排卵誘発剤」という薬を飲み、人為的に排卵を促して一度に数個の卵子を採って凍結します。

ところが私の場合、がん治療の時に卵巣の位置を移動していて、抗がん剤や放射線治療の後10年も経っています。この状態で卵子を採るという例は、日本ではまだありません。海外でも4例しかない稀なケースです。

また、抗がん剤や放射線治療によって、卵巣が実際にどれだけ影響を受けているかがわかりません。

しかも、通常よりも上の位置に卵巣を移動していることによって、血液が卵巣まで正常に届いていない場合、排卵を促す薬がどれほど効くかが不明であったり、皮膚と卵巣の間に太い血管や腸があった場合には、開腹手術によって採卵しなくてはならないという可能性もあるのです。

私自身、一度子宮頸がんの手術の時にお腹を切っていて、その後の体力回復や体調維持などがたいへんだったことから、「開腹手術になるなら少し考えさせてほしい」と主治医に伝えました。

多くの女性が抱える不妊の悩み

採血やCTスキャン、MRIなどの検査をした結果、通常の採卵方法が可能であるということがわかりました。

しかし、試験的に排卵誘発剤を服用した時、ひどい腹痛に襲われ、病院に駆け込んだことがあります。腹痛の理由は、私の卵巣が通常の位置よりも皮膚に近いところにあるためです。薬の服用によって卵巣の活動が盛んになることで、それが皮膚に「痛み」として伝わりやすい、とのことでした。

今後の体調のことが不安になった私はその気持ちをＳＮＳで綴りました。すると、女性の知り合いから続々と励ましのメッセージが届きました。

「私も不妊治療の時、同じ薬を使いました」

「がん患者ではないけれど、私も不妊治療で同じ薬を使った時に、体調を崩しました。あのときはたいへんだったけど、その後私は、３人の子どもを授かりましたよ！」

「私は高齢出産だったけど、無事乗り越えましたよ。阿南さんもがんばって！」

がんではない一般の女性たちから、排卵誘発剤の体験談やその後の出産の様子を聞くことができ、とても励まされました。

〈がんではない健康な女性と私にこんな共通点があったんだ！　子どもがほし

いけれどなかなか授からない……こうした悩みを抱えている人が、これほど大勢いたなんて……〉

私はずっと、がん患者ということで「周りとは違う」という意識を持ち続けてきました。でも実はそうではなく、今は健康な女性と同じ苦しみや悩み、そして夢や希望を抱いているんだ――同じ女性の一人として、そう気づいたのです。

意外と多い、「体外受精」

現在、日本では27人に1人の子どもが「体外受精」によって生まれています。この数は、小学校で例えるならなんと、各学級に1人――体外受精は今や、日本では決して特別な出産法ではなくなってきているのです。

体外受精の増加の要因は、卵子凍結の技術が進歩したことや、女性の社会進出による晩婚化、高齢出産も理由の一つと言われています。子どもの欲しい女性たちが長い間、不妊に悩み、いくつかの不妊治療を経験した末にたどりつくのが、「体外受精」です。

一般の健康な女性たちと同じ悩みを抱えることができた——がん患者として生きてきた私にとって、30代になってやっと、他の女性たちと同じスタートラインに立てたことは、途方もなく大きな喜びなのです。

しかし、私は「絶対に」自分の卵子で子どもを授かりたいと思っているわけではありません。

女性として生まれ、自分の子を授かる可能性が残っているのなら、あくまで「選択肢を残しておきたい」と思っているのです。

出産までは長い道のり——まだ卵子凍結に向けて一歩を踏み出したばかりです。

20

がんから10年……巡ってきたチャンス

またとないチャンスを活かす

先ほども紹介しましたが、私は２０１３年６月から厚生労働省のがん対策推進協議会の委員として、国のがん対策に携わらせていただいてきました。しかし、２、３か月に一度開催される協議会ではいつも戸惑いがありました。

「私のがんによる経験を活かすことができているだろうか……」

委員の任期は2年間。

〈このままでは私と同じ経験をしてきた若い患者さんに対して、なんの役にも立てずに任期が終わってしまう……〉

２０１４年９月の協議会が終わった直後に私はある決心をしました。

「若いがん患者の妊よう性の問題について、もっと大勢の人たちに知ってもらい、取り組んでもらおう！」

次回、12月の協議会で意見書を提出することにしたのです。

それから森重健一郎先生、聖マリアンナ医科大学病院の鈴木直先生、東京大学医学部附属病院放射線科准教授の中川恵一先生らにご協力いただき、意見書の内容を何度も修正して完成させました。

厚生労働省健康局のがん対策・健康増進課の方々も応援してくださいました。担当の方が、協議会会長であるがん研究会有明病院院長の門田守人先生に、私が意見書を提出することを事前に相談しに行ったり、森重先生、鈴木先生から個別に問題点などをヒアリングしてくださったのです。

さらに異例のこととして、意見書提出と同時に、参考人として鈴木先生をお呼びできることになったのです。

ついに意見書を提出

12月12日の協議会当日、2時間の会議の中でなんと30分近くも時間をいただけることになりました。傍聴席には森重先生の姿もありました。

意見書提出について、厚労省の方から委員の方々に説明があり、いよいよ私の発言の時がやってきました。

国のがん対策に働きかけることができる最初で最後のチャンスだという覚悟で深呼吸しました。そして、参考人席に座っている鈴木先生としっかりと目を合わせうなずきました。

ついにその瞬間――ギュッと身体が強張りました。

若いがん患者に対するがん・生殖医療及び緩和ケアに関する意見書

平成19年4月に「がん対策基本法」が施行され、同24年6月には第2期「がん対策推進基本計画」が策定されました。しかし、現在政策として整備が進む緩和ケアの提供体制やがん研究を通じたがん医療の均てん化において、若いがん患者の生殖機能温存への取り組み、生殖機能消失に対する身体的、精神心理的苦痛の緩和についての視点が欠落しています。

生殖機能が温存できるはずの患者への温存対策や研究、生殖機能消失に対する恐怖から治療を決心できないがん患者へのサポート、乳がんや白血病など生殖器以外のがんを患う患者に対しても、治療により生殖機能が消失もしくは低下する可能性についての事前説明、生殖機能を消失したがん患者・経験者へのフォローアップや心のケアなどが必要とされています。また、日本の少子化対策にも関わる問題ではないでしょうか。そこで、患者委員として下記の通り意見を提出いたします。

記

1、若いがん患者の生殖機能の温存に向けた取り組み、生殖機能消失に対する身体的、精神心理的苦痛の緩和への対策を、国として早急に講じていただきたい。

2、次期がん対策推進基本計画に、生殖機能への影響が生じる若いがん患者に対する以下の対策を盛り込んでいただきたい。

①医療連携
医師のみならず、がん看護領域の専門・認定看護師や不妊症看護認定看護師、さらに臨床心理士など、ヘルスケアプロバイダー全体によるがん・生殖医療のサポート

②地域連携
各地域で完結する行政―基幹病院―クリニックの地域連携システム構築

以上

意見書の内容を読み上げ、自らの体験を交えて妊よう性の問題がいかに重大なことかを心から訴えました。

時間にすれば5分ほどだったでしょうか。終わった瞬間、再び鈴木先生の方を向くと、鈴木先生は「よくやった！　後は任せて」と言わんばかりに、深くうなずいてくださいました。

委員たちの反応

発言を終えた後、しばらく身体が震えていたほど緊張しました。

次は、参考人である鈴木先生が若い患者の妊よう性について、現在生じている問題や今後の課題を非常にわかりやすく説明されました。15分間の鈴木先生のご発言の後、門田会長が委員の方々に意見を求めると、4、5人が手を挙げました。

「とても重要な問題。国の政策に盛り込むべきである」

委員の方々からの意見に続いて、門田会長のまとめがありました。

「今まではあまり問題視した形の計画を作れなかったということですので、これはみなさんのご意見を伺っていても、この内容をどういう形に盛り込んでいくのか、多分、次期の計画の重要なポイントになるだろうと思います。今日は本当にいい点を指摘していただいたと思います。その方向性で検討していくことにしましょう」

期待した以上の嬉しい反応でした。再び鈴木先生を見ると、先生もアイコンタ

聖マリアンナ医科大学病院の鈴木直先生（左端）と大阪での主治医の森重健一郎先生（現在は岐阜大学医学部附属病院、右端）。意見書提出後の１枚。

クトで答えてくれました。会議中に不謹慎ではありますが、私は嬉しくて笑みを抑えることができませんでした。

この日のことは、複数のメディアでも取り上げられ、その記事を私は両親に送りました。がんから10年の節目に出会った一生に一度のチャンスを活かすことができ、それまで経験してきた苦しみや悩みがすべて必要なことだったと感じられた出来事でした。

今後、私は鈴木先生が理事長を務められる特定非営利活動法人「日本がん・生殖医療研究会」で患者ネットワークを立ち上げ、若い患者さんに対する妊よう性温存の情報提供や精神的なサポートをおこなう仕組みを作っていく予定です。

21

自分の未来に選択肢を残したい

未来はわからない、だから選択肢を

未来のことは、今の私にはわかりません。

私は、将来結婚するかもしれないし、結婚しないかもしれません。

また結婚したとして、今は養子縁組や代理出産を望んでいても、パートナーとの話し合いの末、「子どもは持たない」という結論を2人で出すかもしれません。

結婚も出会い、縁だと思うし、それを今の自分が決めることはできないのです。

でも、未来はわからないからこそ——人は夢を描きながら自分らしい選択をし、人生を前向きに生きていくべきだと考えています。

がん患者だからといって、人生をあきらめる必要はない。

自分はがんだから、「いのちが助かるだけでいい」「それだけでも幸せ」と、むりやり未来をあきらめる必要もない。

病気だから、夢や希望を抱かない——それは、とても不自然だと強く感じています。

「女性に生まれたからには、一度は子どもを産み、育ててみたい」——こうした気持ちは、それを望む女性にとってはごく自然な思いです。

現実的に可能性があるなら、そこに、「がんであるから」とか、「病気であるから」と線を引いてしまう必要は、まったくないのです。

子どもをほしいと願い、今の自分にわずかでも可能性が残されているなら——リスクとベネフィットをきちんと知ったうえで、自分らしい選択で進むべきだと、私は思っています。

大切にしたい両親の声

ただ、選択肢を残すことにおいても、それは自分だけの問題ではありません。

自分の卵巣が機能していることがわかり、「卵子凍結」を決心した時に私は両親に意見を求めました。

父は、基本的には賛成しながらも、

「卵子凍結をすることによって、里恵の身体には大きな影響が出ないのか？それが心配……」

一方、母には母なりの思いがありました。

「もしも将来、里恵が独身のままだったとして……見ず知らずの誰かの精子をもらってでも自分の子どもを持とうという考えがあるのなら——私は絶対に反対！」

また母は、こう言いました。

「子育てはそんなに簡単なことじゃない。まずは結婚が先にあるべきで、子育てはそれから先の選択でしょう」

さすが、私の性格をよくわかっている母だからこその意見でした。大切にしなければいけないと思っています。

こんなことを学生時代の私が聞いたらビックリするかもしれないけれど……。

私は私なりに今、両親のくれるアドバイスや意見には、しっかりと耳を傾けようと思っています。がんの体験によって、これまで数え切れない経験を経てきたからこその思いです。

両親の不安を少しでも和らげ、解決に導こうとすること——それこそが大人としての私の責任なのでしょう。だって、私は両親にとって大切な娘なのですから。

出産や子育てを身近に考えるようになり、私にもそれを感じられるようになりました。

私たちには夢と未来がある

健康な若者と同じように、若いがん患者にもいろいろな夢や未来があります。

まずはいのちが助かることがなによりも大前提。でも、治療が無事に終われば、その後も長い人生が待っています。

あなたが今、病気と闘っているのなら——または、困難なことに直面しているのなら——無限の夢を描いてください。

「自分は、どんな恋をしたいのか？」

「どんな仕事に就きたいのか？」

「どんな結婚生活を送りたいのか？」

「どんな家族をつくりたいのか？」

「どんな人生を送りたいのか？」

あなたの人生は、あなたの思うがままに描いてください。

あなたの未来は、あなたにしか変えられないのです。

あとがきにかえて

突然のがん宣告を機に、私はたくさんのことをあきらめてきました。

がんになったことを悔やみ、「あれができなくなった」「これができなくなった」「どうして自分だけ」と不満と悲しみに暮れる毎日を過ごしていました。どれほど傷ついても、次から次へとがんは私の人生を邪魔してきました。

しかし、ある日ふと吹っ切れたのです。

「もういいや。自分のやれる範囲でやれることをして生きていこう」

その途端、あらゆる価値観が変わっていきました。

「まだこれができる」「こんなこともできる」——以前まで当たり前だと思っていたことがどれほど幸せな事であるかに気づき、友達や家族には「こんなことをしてもらえた」という感謝の気持ちが芽生えたのです。

今なら言えます。

〈がんで失っただけ、あるいはそれ以上に、私はたくさんの幸せを得ることができた〉

「キャンサーギフト」という言葉を聞いたことはありますか？
キャンサーはがんのこと――日本語にするなら「がんからの贈りもの」でしょうか。
私にとっての「キャンサーギフト」は、３つの気づきでした。

１　いのちはいつ終わるかわからない。それは自分も家族も友達も、みんな同じ

明日、生きている可能性は50％――それは自分だけでなく、どんなに健康な人でも、今日元気だった人でも、誰もが同じです。

　これに気づいた時、自分の死と同じように、両親や友達がいなくなってしまうことをリアルにイメージできました。そして、家族、友達と過ごせるこの時間――その尊さにハッとしました。

　自分はどんな風に相手に接することができるのだろうか。今日という1日をどうやって生きるのか。どんな風に自分の人生を生きたいのかを考えて丁寧に生きていくことができるようになりました。

2　つらくてつらくてたまらなくなったら、SOSを出す

「自分でなんでもできる」「誰にも迷惑をかけたくない」——がんになってしばらくは、以前のように、どんなことも自分の力で問題解決しようとしていました。

しかし、振り返ってみれば私のそういう意地っ張りな気持ちさえ、周りは理解して、あらゆるところで支えてくれていたのです。

「つらい」「しんどい」というメッセージを発信すれば、家族や友人は、たとえ明確な答えを持っていなくても、そばにいて、一緒に悩み、泣いてくれました。すると気づけば、大きな壁も乗り越えられていたのです。

3　幸せは比べられない。自分が気づくこと。感じること

就職、恋愛、結婚、出産と変化を遂げていく同級生の友達——嬉しく思う反面、羨ましさと惨めさを感じていました。

しかし話してみると、みんなもそれぞれに悩み、不安を抱えて生きていました。そして、それぞれに幸せの形があるのだと気づきました。

私には20代のつらく長い時期があるけれど、そのおかげで素晴らしい経験もたくさんでき

ました。また、今でもがんによる後遺症や妊娠・出産の問題に直面することは多々あります。しかし、だからこそ苦しんでいる人に寄り添い、役に立つことができるのです。

自分を大切にする――

その言葉の意味を心から理解できたのは30歳を過ぎてからでした。

自分の人生は必ず素晴らしいものになる、そう信じられなければ、今の自分を疎かにしてしまいます。

人生は決して幸せなことばかりではありませんが、それでも生きてみたいと思えるのは「今の悩みや苦しみは将来大きな幸せをつかむために必要な経験だ」と思えるからです。

私の人生はがんをなくして語ることはできません。

最後に、本書には33年間で出会ったすべての方々への感謝の気持ちと、新たな道を歩み始める自分自身への覚悟として、これまでの人生を記しました。

「生きたい」、そう思えるようになるまで待っていてくれて、ありがとう。

知ってほしいこと
コラム 1

「再現美容」で自分らしさを取り戻す

治療によって抜ける髪・まつ毛、黒ずんでもろくなっていく爪は、患者さんを精神的に追い込んでいきます。

今、美容の面から患者さんをサポートしてくれる「再現美容」の動きが広がっています。

●再現美容

抗がん剤治療などにより抜けた髪を、特殊な医療用かつら（ヘアエピテーゼ）を使って治療前の状態に再現し、さらに失った眉、まつ毛などの体毛や、変色し、もろくなった爪などをなるべく負担なくカバーし元の状態に近づけることで患者さんの精神的苦痛を和らげ、治療や社会復帰に前向きになるためのサポートをしてくれる取り組みがあります。

●年間1000人以上の患者さんの声を元に開発される医療用かつら

ワンサイズでさまざまな頭の形や、毛量によるサイズ変化にもフィットさせられる素材を使い、1点1点手作業で植毛されていて、生え際やつむじなど見た目も丁寧に再現されています。

毛は、人工毛ミックスと人毛100％の2種類がありますが、どちらもかつらとは見分けられないほど自然な色、質感。分け目やシルエット、スタイルも自在につくることができます。

26都府県の194病院にパンフレットなどの資料が配布されています。主治医の先生や看護師さんに相談してみてください。

◎NPO 法人「日本ヘアエピテーゼ協会」
TEL: 03-6388-0842
http://www.hair-epithese.com/
info@hair-epithese.com

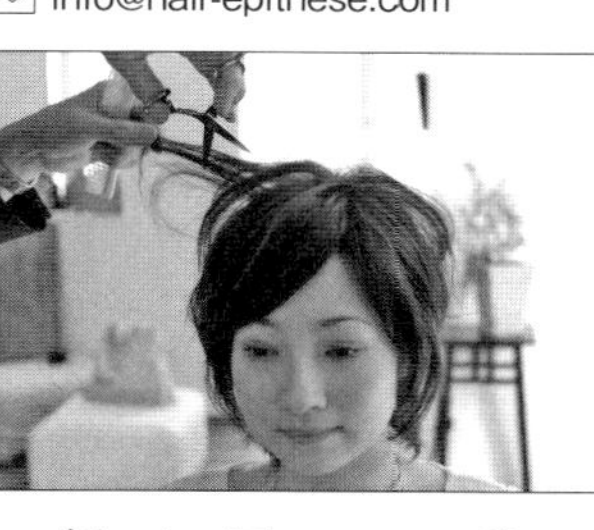

**●開発したのは
NPO法人日本ヘアエピテーゼ協会**

２００４年にがん患者を家族に持つ美容師たちが活動を始め、06年にＮＰＯ法人を設立して以来、「再現美容師」の育成・輩出、患者同士の茶話会や、白髪のケア、メイクレッスン、ネイルレッスン、ハンドマッサージやアロマテラピーなど、さまざまなセミナーを開催しています。

**●がん患者のための
ビューティーサロン**

２０１５年1月現在、全国23都府県の41サロンに１００人以上の「再現美容師」がいます。

「再現美容師」とは、ＮＰO法人「日本ヘアエピテーゼ協会」の認定資格で、医療用かつら（ヘアエピテーゼ）を希望のスタイルにカット、手縫いによるサイズの微調整、スタイルチェンジ、メンテナンス、治療後の白髪デビューのカットなどをしてくれます。

また治療中でも、爪やすりを使った形成（ファイリング）、甘皮のケア、アロママッサージによる爪回りや手全体の保湿をして、水性ネイルでカバーしてくれるネイルサロンもあります。

●治療中・治療後もあなたらしく!

治療による変化も、自分らしくアレンジして、前向きに治療や社会復帰に臨んでほしいと願っています。

知ってほしいこと
コラム 2

がん治療をしながら働くために

新たにがん患者となる人のうち、約3割が15～64歳の働く世代だといわれています。[*1] また、32・5万人が仕事を持ちながら、がん治療の通院をしているそうです。[*2]

一方で、がんの診断後、23・6％が勤務先を退職、13・1％が異動、45％が収入減を余儀なくされています。[*3]

2012年から国は「がん対策推進基本計画」で、個別目標として、がん患者の就労を課題に取り上げ、全国では治療と仕事を両立するためのサポートをしてくれる取り組みが広がっています。

●企業とともに考える

自分の身体の状態、治療の予定や生活への影響について主治医に見通しをたててもらい、自分は何ができるのか、どうしたいかを勤務先の信頼できる上司や同僚、もしくは産業医や人事担当者などに相談してみてください。

がん検診受診率50％超を目指す国家プロジェクト「がん対策推進企業アクション」に参加する企業は、従業員数1万人以上の大企業から30人未満の中小企業まで、1400社以上にのぼります（2014年12月現在）。

●病院とハローワークの連携

がん患者の就職支援として、病院とハローワークが連携する取り組みも広がっています。厚生労働省では、全国12か所（宮城、東京、神奈川、石川、福井、静岡、京都、兵庫、広島、愛媛、福岡、鹿児島）のハローワークに就職支援ナビゲーターを配置し、がん診療連携拠点病院等との連携のもと、個々の患者の希望や治療状況を踏まえた職業相談・職業紹介、患者の希望する労働条件に応じた求人の開拓、患者の就職後の職場定着の支援等の就職支援をモデル的に実施しています（２０１５年1月現在）。また、がん診療連携拠点病院等への出張相談による職業相談や労働市場、求人情報等雇用関係情報の提供もおこなっています。

●がん相談支援センター

がん相談支援センターは、全国４０９か所のがん診療連携拠点病院に設置されています。医療ソーシャルワーカーが、治療の不安や悩みだけでなく、治療中や予後の生活の相談にも乗ってくれます。主治医から言われていること、自分で集めたさまざまな情報に混乱しそうな時には、情報整理の手伝いをしてくれます。

患者本人も家族も無料で利用できます。

●がん患者の就労に関する情報が得られるサイト「がん情報サービス」

独立行政法人国立がんセンターがん対策情報センターが運営するサイト「がん情報サービス」には、がんのあらゆる情報が紹介されています。がん患者の就労に関するアドバイスや利用できる公的助成・支援制度などについても記載されています。

＊1　国立がん研究センターがん対策情報センター、２０１２年

＊2　厚生労働省健康局「平成22年度国民生活基礎調査」を基に特別集計、２０１４年

＊3　厚生労働省「働くがん患者の職場復帰支援に関する研究」班、２０１２年

◎「がん対策推進企業アクション」のホームページ
https://www.gankenshin50.go.jp/
◎「がん情報サービス」のホームページ
http://ganjoho.jp/public/index.html

知ってほしいこと
コラム 3

「がん検診」に行ってください

日本は、2人に1人ががんになり、3人に1人ががんで亡くなる(2015年1月現在)世界有数のがん大国です。

がんは、早期に発見できれば、ほぼ9割が完治しますが、早期発見のカギとなる検診の受診率が日本はとても低いのです。これではがんによる死亡を減らせません。がんで命を落とさないためには、生活習慣の改善とともに、「がん検診」が欠かせません。

●胃がん検診

40歳以上の男女は、1年に1回胃部X線検査を受けましょう。

1990年まで日本で一番多いのが胃がんでした。大腸がんと並んで治りやすいがんで、早期ならほぼ100%が治ります。

●肺がん検診

40歳以上の男女は、1年に1回肺部のX線検査を受けましょう。また、ハイリスクの方(50歳以上で喫煙指数〈1日の喫煙本数×喫煙年数〉が600以上、あるいは40歳以上で6か月以内に血痰があった方)は検査キットをもらい、自宅で痰を採取し提出します。

日本人のがん死亡原因の第1位。喫煙者の肺がんリスクは日本人男性で4・8倍、女性で3・9倍にもなります。もっとも早期の段階で見つけられれば、5年生存率は約8割です。

●大腸がん検診

40歳以上の男女は、1年に1回便潜血検査を受けましょう。自宅でもできる、負担の少ない検査です。

毎年約10万人が新たに大腸がんになっていま

す。がんが粘膜にとどまっている状態なら、お腹を切らない内視鏡による切除も可能で、ほぼ100%が完治します。

●乳がん検診

40歳以上の女性は、2年に1回マンモグラフィ検査を受けましょう。

女性にできるがんの中で一番多いがんです。乳がんは比較的治りやすいがんで、早期発見の場合の5年生存率はおよそ98%。ただし、20年経っても再発することもある、油断できないがんです。

●子宮頸がん検診

20歳以上の女性は、2年に1回細胞診検査を受けましょう。

20~30代の女性では第1位の発症率。がんの中で唯一、検診によってがんになる前の状態で発見できます。がんになっても、もっとも初期なら子宮を温存できます。

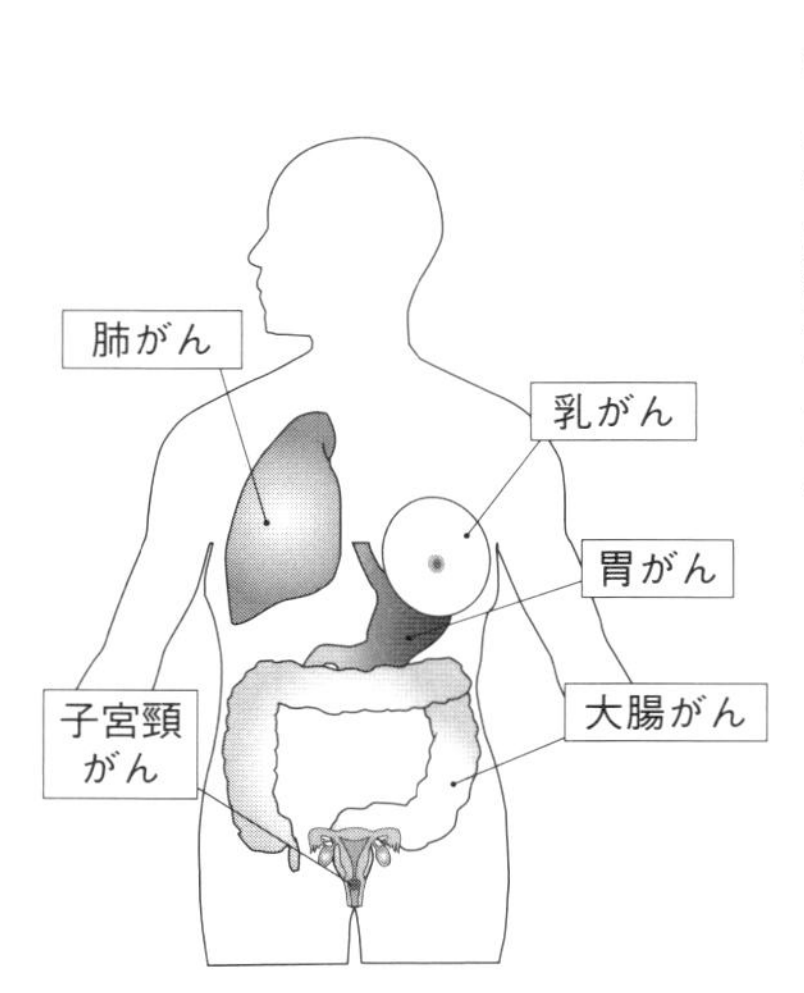

医療監修：東京大学医学部附属病院放射線科准教授　中川恵一先生

知ってほしいこと
コラム 4

「妊よう性温存」の基礎知識

がん診療の発展に伴い、がんの予後はかつてに比べ飛躍的に改善しています。がん体験者の数も年々増加傾向にあり、がんの治療中や治療後の生活や人生のＱＯＬ（Quality of Life：生活の質）に配慮した診療が求められています。

なかでもがん治療による不妊は、若年のがん患者にとってサバイバーシップ（がんになっても自分らしく生きるために、サポートする人々とともに課題を乗り越えていくこと）上の大きな課題の一つとなっています。

●どうして妊よう性温存が必要なの？

妊よう性（妊孕性＝fertility）とは、妊娠・出産の可能性のことを意味します。妊娠するためには、女性の子宮・卵巣（および卵子）と、男性の精巣（および精子）が重要な役割を担っています。

子宮は女性特有の臓器であり、胎児（赤ちゃん）を出生するまでの期間、育む場所です。

卵巣は女性のホルモンバランスを保ち、月経（生理）周期を作り出す臓器で、妊娠に必要な卵子が保存されています。

卵巣内にある、将来卵子になる原始卵胞は生まれた時には約40万個存在するとされ、現在の医学では新たに作られることはなく、どんどん消費されていくものと考えられています。

一方で精巣はどんどん新しい精子を作りだすことができます。しかし子宮・卵巣・精巣などの臓器そのものは、現在の医学をもってしても人工的に代用することはできず、一度失ってしまうと取り戻すことは非常に困難です。したがって、妊よう性は一度失ってしまうと回復することは極めて難しい、かけがえのないものなのです。

●どんながん治療で妊よう性が失われるの？

卵巣や精巣は、一部の抗がん剤や放射線などの治療に対してとても敏感な臓器です。

①抗がん剤治療

じつは卵巣のがんだけでなく、白血病や乳がんの治療で使われる一部の抗がん剤は卵巣や精巣に影響し、治療後に卵子や精子が消失する恐れがあります。

抗がん剤によって月経が無くなる割合は患者さんの年齢、抗がん剤の種類や投与量に左右されると考えられていますが、年齢は大きな要因で、思春期のがん患者さんでは閉経が早まる確率が、健康な人と比べて4倍も高まると報告されています。

一方、抗がん剤による精巣に対する影響はさまざまですが、重度の場合は永続的に無精子症となることがあります。

②放射線治療

また、卵巣や精巣に対して一定量の放射線が照射されると卵子や精子が消失し、妊よう性を大きく損なう結果となります。

③手術（子宮頸がん、子宮体がん、卵巣がん、精巣腫瘍）

婦人科がんでは、一定以上の進行期やがんの種類によっては子宮や卵巣そのものを摘出することが標準的な治療とされており、その場合は臓器を失うことで絶対的な不妊となります。

●どうやって妊よう性を温存するの？

がんの診断後、治療によって妊よう性の消失の恐れがある場合、がん治療開始前に早急に妊よう性温存の可能性を検討しなくてはなりません。そして、がんの治療が決して遅れることなく実施されることが大原則であり、それが可能であると判断された場合においてのみ妊よう性を温存できます。

抗がん剤治療の場合

卵子・受精卵・精子や卵巣組織の凍結保存などの方法があります。

放射線治療の場合

卵巣位置を移動する手術や卵巣の部分だけ放射線が当たらないように金属の板を当てたり、卵子・受精卵・精子や卵巣組織の凍結保存などの方法があります。

手術の場合

厳密な条件の下で臓器を可能な限り温存できる場合があります。

●どこの医療機関で治療を受けられますか？

まだ、妊よう性温存に関しての充分な情報を提供できる施設は限られ、がんの種類によっても相談できる医療機関は異なります。２０１５年1月現在、産婦人科では全国77の病院が相談に乗ってくれます。特に、乳がんの患者さんに向けては34院、血液腫瘍では8院、精巣腫瘍では3院、その他放射線医が2人、産婦人科と提携する臨床心理士、小児科医は1人ずついます。

病院・医師の詳細は、特定非営利活動法人日本がん・生殖医療研究会のホームページで公開されています。

●特定非営利活動法人
日本がん・生殖医療研究会（ＪＳＦＰ）

『がん治療および将来の妊娠という双方の点について、患者さんが充分な情報を得たうえで、最良の選択ができるような社会づくりをする』という理念の下、専門家や職種を越えて組織された研究会です。

　がん患者さんが妊よう性温存についての情報提供や、医師同士のネットワーク作り、治療方針を定めたガイドラインの検討、治療法の研究や、技術開発をおこなっています。現在、私はこの研究会の患者ネットワークづくりに携わっています。

　妊よう性温存について、詳しく知りたい方は、ぜひ研究会のホームページにアクセスしてみてください。

医療監修：聖マリアンナ医科大学産婦人科教授鈴木直先生

◎「日本がん・生殖医療研究会」ホームページ
http://www.j-sfp.org/

［著者紹介］

阿南 里恵（あなみ りえ）

1981年、大阪府東大阪市生まれ。

厳しい両親への反発心から「ヤンチャ」な青春時代を過ごし、高校卒業後、バイクや自動車整備の専門学校に入学。卒業後、奇跡的に大手自動車メーカーに就職するも1年半で退職。ベンチャー企業のマンション営業に転職。「超黒字社員」として東京生活を謳歌していた23歳の時に、子宮頸がんを宣告される。

抗がん剤治療、子宮のすべてとリンパ節、子宮を支える靭帯の摘出手術を経て、放射線治療を受けた。

5年間の経過観察を終了し、一人で始めた全国の中学・高校などでの「いのちの授業」や講演、若い女性への啓発活動は、数多くのマスコミで取り上げられる。

公益財団法人「日本対がん協会」の広報担当などを経て、現在は、特定非営利活動法人「日本がん・生殖医療研究会」で活動。がん患者の妊よう性温存に関する相談を受けているほか、厚生労働省「がん対策推進協議会」委員、「がん対策推進企業アクション」アドバイザリーボードメンバーとして活躍している。

執筆協力――甲斐望
装幀――三木俊一＋吉良伊都子〈文京図案室〉
カバー写真――Midori S. Inoue（I to I Communications, Co.）

神様に生かされた理由（わけ）――23歳で子宮頸がんを宣告されて。

2015年2月10日　第1刷発行

著　者　阿南里恵
発行者　上野良治
発行所　合同出版株式会社
東京都千代田区神田神保町1-44
郵便番号 101-0051
電話 03（3294）3506　FAX03（3294）3509
ＵＲＬ：http://www.godo-shuppan.co.jp
振替 00180-9-65422
印刷・製本　新灯印刷株式会社

■刊行図書リストを無料送呈いたします。
■落丁乱丁の際はお取り換えいたします。

ISBN978-4-7726-1230-2　NDC916　130 × 188